SEINE TEUFLISCHE UMARMUNG

Die Liga Der Schurken - 6

LAUREN SMITH

Übersetzt von
CORINNA VEXBORG

ISBN: 978-1-956227-87-1 (E-Book-Ausgabe)

ISBN: 978-1-956227-88-8 (Druckausgabe)

KAPITEL 1

Liga-Regel Nummer 11:

Ein Mann sollte sich von Zeit zu Zeit daran erinnern, ein Gentleman zu sein, auch wenn er denkt, er könnte vergessen haben, wie das geht.

Auszug aus der *Quizzing Glass Gazzette*, 28. *April* 1821, Spalte Lady Society:

Lady Society ist ziemlich neugierig auf einen gewissen Herrn namens Mr. Lawrence Russell. Sein älterer Bruder, der Marquess of Rochester, ist in der Tat als Mitglied der Liga der Schurken ziemlich berüchtigt, aber was Mr. Russell selbst betrifft ... So gibt es Gerüchte im Überfluss.

Lady Society möchte sehr gerne wissen, ob er heiraten

möchte, oder wird er so weitermachen, wie sein Bruder es getan hat, und der Ehe widerstehen? Sollte Ersteres der Fall sein, wird sich Lady Society bemühen, eine geeignete Braut zu finden. Sollte Letzteres der Fall sein, sieht Lady Society seine Entschlossenheit bezüglich eines Junggesellendaseins als Herausforderung an. Ein Schurke mögen Sie sein, Mr. Russell, aber Lady Society glaubt, dass Sie noch lernen könnten, ein guter Ehemann zu werden. Nun, an wen könnte man Sie verheiraten?

»DU GEHÖRST JETZT ZU MIR.«

Die geflüsterten Worte hallten in Zehra Darzis Kopf wider, als sie mit einem kleinen Schreck erwachte. Irgendwie war es ihr in den letzten vierundzwanzig Stunden gelungen, ein wenig in ihrem vergoldeten Gefängnis zu schlafen. Diese Worte, die sie verfolgten, ließen ihren Kopf noch immer pochen, als eine frische Welle der Angst durch sie fegte. Der Mann, der sie gesprochen hatte, hatte ihre Eltern ermordet und sie vor drei Wochen aus ihrem Palast in Persien entführt.

Al-Zahrani. Sein Name war wie bitteres Gift auf ihrer Zunge, und sie kämpfte gegen den Drang an, sich zu übergeben. Sie hatte nur ein paar Tage als seine Gefangene verbracht - hatte ihm zuhören müssen, wie er davon geprahlt hatte, sie in die Finger bekommen zu haben, und seine Pläne, sie als Konkubine zu benutzen, bevor sie eine Chance hatte zu fliehen.

Sie ballte ihre Hände zu Fäusten und zuckte zusammen, als sich ihre Nägel in ihre Handflächen gruben. Schnitte, kaum verheilt, brannten immer noch. Sie hatte sie sich zugezogen, als sie einen tiefverzweigten Baum in der Nähe von Al-Zahranis Mauern erklommen hatte, um sich zu befreien. Sie war der Freiheit so nahe gewesen, hatte sie mit jedem Schritt gespürt, während sie durch die Hügel der Wüste stolperte und rannte.

Dann, nach zwei Tagen ohne Nahrung oder Wasser, war sie auf den Dünen zusammengebrochen, die Lippen ausgetrocknet und zerrissen, die Augen brannten. Sie hatte Männer am Horizont gesehen, auf dem Rücken von Pferden, in dunklen Kleidern. Zuerst hatte sie geglaubt, sie seien ihre Rettung, aber sie musste schon bald erfahren, dass sie alles andere waren.

Sklavenhändler.

Jetzt war sie in einem englischen Bordell Tausende von Meilen von ihrem Haus entfernt eingesperrt.

Zehras Blick wanderte zum hundertsten Mal im Raum herum, und sie wünschte, die Frauen, die sich um sie gekümmert hatten, hätten ihr auch einen Krug mit frischem Wasser gebracht. Ihre Kehle war ausgetrocknet und sie hätte fast alles für einen Schluck Wasser getan. Draußen war es dunkel, und seit dem frühen Morgen, als die Sklavenhändler sie an die Frau verkauft hatten, die diesen elenden Ort führte, war sie von niemandem besucht worden. Sie leckte sich die trockenen Lippen und weigerte sich zu weinen.

Du bist stark. Du bist die Tochter eines Schahs und einer

englischen Lady. Du gehörst niemandem - egal, was heute Abend passiert.

Es war das Mantra, das sie immer wieder vor sich hin gesprochen hatte, als die Sklavenhändler sie während ihrer langen Tage auf See verspottet hatten. Sie war nicht die einzige Frau gewesen, die sie gefangen genommen hatten, aber sie war eine der wenigen, die sie unberührt gelassen hatten. Der Name ihres Vaters hatte genug Gewicht, um ihr diesen Schutz zu geben, zumindest was die Gier der Männer betraf.

»Verkaufe eine persische Prinzessin und mache einen ordentlichen Gewinn.« Sie konnte immer noch die höhnische Stimme des Kapitäns hören, als er eine Haarlocke um seinen Finger gewickelt und ihre Brüste mit seinen forschenden Händen zerquetscht hatte, bevor sie sie in eine winzige Kammer geworfen hatten, wo sie die nächsten zwei Wochen ihrer Reise verbracht hatte.

Jetzt starrte Zehra Darzi auf die verschlossene Tür, die sie in ihrem neuen Käfig gefangen hielt. Durch die dünnen Wände der widerlichen Schlafkammer konnte sie die Geräusche der Leidenschaft, das Grunzen von Männern und das Stöhnen von Frauen hören, zusammen mit den schweren Geräuschen von Möbeln, die sich rhythmisch bewegten. Galle stieg wieder in ihrem Mund auf. Sie versuchte, nicht daran zu denken, wie sich dieses winzige Zimmer so sehr von den bunten, offenen Räumen und Rosengärten unterschied, die sie einst ihr Zuhause genannt hatte.

Zumindest bist du Al-Zahrani entkommen. Er kann dich hier nicht finden. Sie hoffte, dass das wahr war. Er hatte während ihrer kurzen Gefangenschaft darüber geprahlt, dass er Sklaverei betrieb, wie viele mächtige Männer in der Gegend, und er hatte ihr einmal gesagt, dass die westlichen Länder für ausländische Schönheiten gut bezahlen würden. Er hatte ihr jedoch versichert, dass er sie niemals verkaufen würde, weil er das Vergnügen haben wollte, ihren Geist selbst zu brechen.

Kein Mann würde *jemals* ihren Geist brechen.

Zehra starrte den verdammten Türgriff an und wünschte, er würde sich magisch entriegeln, aber selbst dann wusste sie, dass eine Flucht unmöglich wäre. Als sie in diesen Raum begleitet worden war, hatten zwei starke Männer draußen Wache gestanden, ihre ausdruckslosen Gesichter erschreckend. Sie bezweifelte, dass sie sich seitdem auch nur gerührt hatten.

Zum zehnten Mal, seitdem man sie in dieses Schlafgemach geworfen hatte, entspannte sie sich auf dem Bett und versuchte, die Angst zu beruhigen, die durch sie rollte. Sie konnte nicht still sitzen, während ihr Leben und ihre Freiheit in der Schwebe hingen. Zehra dachte über ihre Optionen nach. Sie hatte versucht, zu bestechen, aber die Frau und ihre Schar von Huren hatten gelacht, als Zehra Reichtümer versprochen hatte, die über ihre wildesten Träume hinausgingen. Sie wurde kühl darüber informiert, dass ihr einziger Wert das Geld war, das sie heute Abend bei einer privaten Auktion einbringen würde. Als Zehra ihr gesagt hatte, sie sei halbe Engländerin, mit Verwandten, die zum Adel gehörten, hatten sie wieder gelacht, eindeutig ungläubig. Ihre Haut war zu oliv gefärbt, ihre Haare rabenschwarz und ihre Gesichtszüge exotischer. Sie war keine englische Rose in ihren Augen.

Ich mag eine Frau sein, aber ich werde kämpfen, bevor ich mich der Verzweiflung hingebe.

Ihre letzte Hoffnung - düster, wenn nicht gar unmöglich - war, bei der Auktion heute Abend einen Gentleman zu finden, der ihr zuhörte und ihr glaubte, wenn sie ihm sagte, dass sie gegen ihren Willen hier sei. Sie konnte keine Sklavin sein, denn Sklaverei war in England verboten. Natürlich hatte die Frau sie daran erinnert, dass selbst die Engländer ihre dunklen Geheimnisse behielten. Sklaven zum Beispiel. Aber es würde heute Nacht sicherlich einen Mann geben, der sich ihrer erbarmen und sie befreien würde.

Der Türgriff klickte, als sich das Schloss drehte. Zehra drückte sich gegen den Bettpfosten, die Finger gruben sich in das Holz. Sie stieß erleichtert den Atem aus, als eine Frau in einer lockigen blonden Perücke hereinspazierte. Die rote Färbung über der weißen Paste auf ihren Wangen passte zu dem schönen roten Kleid, das sie hielt.

»Die Madame sagt, du sollst heute Abend das hier anziehen. Ich bin da, um dir zu helfen.« Die Frau legte das Kleid auf das Bett und stemmte die Hände in ihre

Hüften. »Keine dummen Versuche, übrigens. Die Wachen sind draußen, und sie werden dich schnell fangen, wenn du versuchst zu fliehen.«

Zehra studierte das blasse Gesicht der Frau. Ihre zerzauste blonde Perücke war zu einer chaotischen Frisur zurückgezogen, und ihre Arme waren dünn. Ihr Körper war schlank, aber auf eine kränkliche Art und Weise. Zehra war eine starke, kräftig gebaute Frau. Es wäre leicht, sie zu überwältigen, aber nicht die Wachen draußen.

»Ich sagte, *keine* dummen Versuche«, schnappte die Frau. »Ich sehe, dass du zur Tür schaust. Jetzt los, mach weiter.« Sie wedelte mit der Hand zu dem Kleid, das sie auf das Bett geworfen hatte.

»Also gut.« Zehra griff nach den Knöpfen auf der Vorderseite ihres Kleides und begann, sie aus den kleinen Schlitzen zu schieben. Die Frau wartete, bis Zehra aus ihrem hellblauen Reisekleid getreten war, bevor sie ihr in das Abendkleid aus rotem Satin half. Es passte gut genug auf Zehras kurvige Figur, aber in dem Moment, in dem es komplett geschlossen war, überfiel sie eine Welle von Übelkeit. Sie schloss die Augen und atmete langsam tief ein, bis das widerliche Gefühl vorüber war.

»Das passt schon, was?« Die Frau nickte Zehra zu.

Zehra studierte ihre Reflexion im Spiegel in der Ecke neben dem verschlossenen Fenster. Die rote Seide betonte den hell olivfarbenen Teint ihrer Haut, aber das Oberteil war skandalös tief geschnitten. Sie war in einem Land aufgewachsen, in dem Frauen sich nicht so kleideten, und sie wusste von ihrer Mutter, dass englische Frauen auch keine so tiefen Ausschnitte trugen.

»Die Schuhe werden reichen müssen.« Die blonde Frau starrte auf Zehras vernünftige schwarze Stiefel. »Und dein Haar - das kann dir niemand hier so frisieren, wie es die feinen Damen tun.«

Obwohl sie die strahlend blauen Augen und vollen Lippen ihrer Mutter hatte, kamen Zehras persische Gesichtszüge und das rabenschwarze Haar direkt aus dem Blut ihres Vaters. Sie hatte ihre Haare vor Tagen mit Nadeln zu einem losen Knoten aufgesteckt, während sie noch in der Kabine an Bord des Schiffes gewesen war, und sie hatte sie seitdem nicht mehr berührt. Hastig zog sie die Nadeln noch einmal fest.

»Es ist in Ordnung. Wird in ein paar Stunden keine Rolle mehr spielen. Nicht, wenn du auf dem Rücken liegst und dich einem feinen Gentleman hingibst. Wahrscheinlich wird es dieser dunkelhäutige Kerl sein.« Die Frau plapperte weiter, und Zehra hörte kaum zu, bis sie die Worte »dunkelhäutig« hörte.

Sie griff nach dem Arm der Frau. »Was? Welcher Mann?«

Die Prostituierte runzelte die Stirn, und Zehra ließ sie los. »Irgendein Mann hat mit der Madame über dich gesprochen. Er ist dunkler als du. Er fand heraus, dass du hierher verkauft wurdest, und er versuchte, dich sofort zu kaufen. Er sagte, du gehörst ihm.«

Al-Zahranis Worte durchdrangen den dünnen Schleier der Hoffnung, an dem sie festgehalten hatte. *Du gehörst mir.«*

»Was genau hat er gesagt? Hat er seinen Namen erwähnt?«

»Name? Das habe ich nicht gehört. Etwas Fremdes, Komisches, weißt du.« Die Frau zupfte an ihrem Kleid, aber der faltige Stoff war nicht zu retten. »Der Kerl war schon früher immer mal hier. Verkauft ständig Mädchen wie dich. Kauft aber normalerweise nicht. Er war richtig sauer, dass jemand anderes dich an uns verkauft hatte. Die Dame sagte ihm, er müsse wie alle anderen bei der Auktion bieten.«

Nein ... oh Himmel, nein. Es war Al-Zahrani. Er musste es sein. Ein seltsamer Rostgeschmack erfüllte ihren Mund, und Schweiß bedeckte ihre Handflächen. Er würde sie heute Abend kaufen. Er würde alles für sie bezahlen. Und dann ...

»Also dann, komm mit mir.« Die Frau machte sich auf den Weg zur Tür, und Zehra folgte ihr und berührte das kleine Goldmedaillon um ihren Hals. Es war das einzig Wertvolle, was ihr geblieben war, und es enthielt die Porträts ihrer Eltern im Inneren. Al-Zahrani hatte keinen Vorteil darin gesehen, es ihr wegzunehmen, als er sie entführt hatte, und die Sklavenhändler auf dem Schiff hatten nicht gewusst, dass sie es in ihren Röcken versteckt hatte. Das Gold war warm auf ihrer Haut, und sie berührte mit den Fingern die komplizierten Blumenmuster und wünschte mehr als alles andere, dass ihre Eltern noch am Leben seien, dass sie noch in ihrem Bett schliefe und nur einen schrecklichen Albtraum hatte.

Das Bordell war mit roten Satintapeten verziert. Vergoldete Wandleuchten beleuchteten den Saal, als die Prostituierte Zehra zu einer Tür am Ende des Korridors führte. Drei große, muskulöse Diener standen hinter ihr und verhinderten jede Chance auf Flucht. Zehra stopfte ihre Hände in die Falten ihrer Röcke, um sie vor dem Zittern zu bewahren. Die Tür öffnete sich, und eine Flut von Geräuschen stürzte über sie herein. Männer lachten und redeten im dunklen Inneren des Raumes dahinter. Da war eine kleine Bühne mit einem Stuhl drauf. Irgendwo in der Dunkelheit wartete Al-Zahrani wahrscheinlich, wie ein Wolf, der sich auf den Angriff vorbereitete.

Die blonde Frau stieß sie auf die Bühne. »Geh da hoch und setz dich hin.« Zehra behielt ihren Kopf unten, obwohl sie wegen der Beleuchtung auf der Bühne keinen der Männer sehen konnte.

»Nun, wir beginnen die heutige Auktion mit einem Leckerbissen für Sie, meine Herren.« Ein Engländer sprach, dann lachte er. »Genießen Sie den Anblick dieser persischen Prinzessin. Welche Freuden könnte diese jungfräuliche Schönheit in Ihrem Bett erfahren? Mindestgebot sind fünfhundert Pfund.«

Ihr Herz pochte, als die Männer anfingen zu bieten. Die Zahlen kletterten immer höher. Die schweren Düfte von Tabak und Spirituosen hingen in der Luft und füllten ihre Nase mit einem Gestank, den sie nicht ertragen konnte. Sie sah die Schatten der Männer direkt hinter der Reichweite des Leuchtens des Kronleuchters. Sie wanderten an den Rändern ihres Sichtfeldes wie aus Schatten geborene Kreaturen. Harsches Lachen hallte durch den Raum und lieferte eine schaurige Symphonie zu den Klängen des Bordells. Sie konzentrierte sich auf das Bieten und versuchte, ihre Panik zu bekämpfen, indem sie die Zahlen in ihrem Kopf immer wieder aufsagte.

»Zweitausend Pfund!« Al-Zahranis Stimme donnerte durch den Raum. Es gab keinen Zweifel daran. Zehra bewegte sich nicht, zuckte nicht zusammen, obwohl ein Teil von ihr zu Eis geworden war.

Bitte lass jemanden gegen ihn bieten. Der Teufel selbst wäre vorzuziehen.

»Zweitausend?« Eine seidige Stimme in der Nähe lachte. »Himmel, diese Schönheit ist mehr wert als das! Siebentausend!«

Sie hätte beinahe den Kopf gehoben und fragte sich, wer so viel ausgeben würde, um ihr Meister zu sein, aber sie tat es nicht. Sie würde sowieso nur ins Dunkle starren und nichts sehen. Würde Al-Zahrani gegen diesen anderen Mann bieten?

Bitte, lass diesen Teufel gewinnen, wer auch immer er ist. Ich möchte lieber, dass er mein Meister ist.

Stille senkte sich über den Raum, als der Mann, der siebentausend Pfund geboten hatte, lachte. »Niemand mutig genug, um höher zu bieten, was?« Diese Stimme, wie ein warmes Feuer im Winter, ließ ihre Haut warm werden.

Der Mann, der die Auktion leitete, trat näher an die Bühne heran. »Irgendwelche anderen Gebote? Siebentausend Pfund zum Ersten ...« Er hielt für eine Ewigkeit inne. »Zum Zweiten ...«

Zehra konnte nicht atmen. »*Verkauft* an den Gentleman für siebentausend Pfund. Sobald Sie für Ihre Dame bezahlt haben, können Sie sie mitnehmen.«

Zehra schaute schließlich auf und blickte hoffnungslos in die Dunkelheit um sie herum, aber sie sah nur dunkle Formen.

»Hier entlang.« Der Auktionator ergriff grob ihren Arm und schleppte sie von der Bühne, ignorierte ihren Schrei. Sie stolperte.

»Hören sie auf!«, knurrte ein Mann aus der Nähe neben ihr, als eine Hand ihren anderen Arm fest, aber sanft packte und versuchte, sie zu beruhigen.

»Wenn Sie ihr noch einmal Schaden zufügen, werde ich Sie töten, haben Sie das verstanden? Ich will nicht, dass mein Eigentum beschädigt wird.«

»Selbstverständlich.« Der Auktionator lockerte hastig

seinen Griff. Zehra wusste, dass sie morgen blaue Flecken haben würde.

»Ist alles in Ordnung, meine Liebe?«, fragte der Mann. Sie blinzelte in der Dunkelheit, an die ihre Augen sich nur langsam gewöhnten. Sie sah einen großen, gutaussehenden Mann mit roten Haaren. Sie hatte dafür gebetet, dass ein Teufel sie retten möge, und sie hatte einen gefunden. Sie sah sich um und fürchtete, dass sie Al-Zahrani entdecken würde, der sich näherte, um sie zu stehlen.

»Ja ... ich ...« Sie schluckte, unsicher, was sie sonst noch sagen sollte.

»Gut. Warte auf mich. Ich bin gleich wieder da. Ich verspreche, dass ich nicht zulasse, dass dir jemand wehtut.« Der Mann drehte sich um und verschwand in der Menge.

Er würde nicht zulassen, dass ihr jemand wehtun würde? Sie spürte eine Welle der Hoffnung in sich, die so stark war, dass sie beinahe lächelte. Er hatte Gnade, dieser schöne Fremde. Er könnte derjenige sein, der sie befreite, und dann könnte sie die Familie ihrer Mutter finden.

»Komm, hier entlang«, knurrte der Auktionator und nahm erneut ihren Arm, wenn auch weniger rau als zuvor, und begleitete sie zurück in ihre Kammer. Zehra hörte kaum das Murren des Mannes - alles, woran sie denken konnte, war, dass heute Abend vielleicht nicht so schrecklich sein würde, wie sie befürchtet hatte. Wenn sie den Mann, der sie gekauft hatte, nur überzeugen könnte, ihr zu helfen, könnte sie noch überleben.

»Er wird dich holen, sobald er bezahlt hat.« Der Mann lachte. »Vorausgesetzt, er hat so viel Geld. Kein Gentleman hat je so viel für einen hübschen Vogel wie dich bezahlt. Ich hoffe, du bist es wert, denn die Madame wird niemandem ihr Geld zurückgeben.« Der Auktionator lachte leise, das Geräusch kratzte geradezu in ihren Ohren, als er die Kammertür vor ihrem Gesicht schloss.

Zehra schluckte schwer. Die Endgültigkeit des Klangs des einklickenden Schlosses erfüllte sie noch immer mit Furcht, aber sie hielt an der Hoffnung fest, die ihr Retter ihr gegeben hatte. Zehra drückte ihre Stirn gegen das Holz, holte Luft und versuchte nicht zu weinen. Sie war verängstigt und hoffnungsvoll und so erschöpft, aber vielleicht wäre heute Abend alles in Ordnung.

Bitte … Lass ihn ein Mann der Barmherzigkeit sein, der mich vor Al-Zahrani rettet.

❧

Lawrence Russell verachtete das Weiße Haus in Soho. Es war eines der weniger seriösen Bordelle in London, und es hatte eine dunkle Seite, die sogar einen erfahrenen Schurken wie ihn vor Abscheu erschaudern ließ. Sein Geschmack lief mehr in Richtung des Mitternachtsgartens, der weniger für angeheuerte Vergnügungsarbeiterinnen gedacht war, sondern eher aristokratische Damen und Herren mit einander ähnelnden Bedürfnissen zusammenbrachte.

Wenn ich eine Frau verführe, ist es aus gegenseitigem Wunsch heraus, keine monetäre Transaktion.

Keine Geliebte, die er jemals gehabt hatte, hatte feine Kleidung oder Juwelen gefordert - sie hatten ihn nur angefleht, niemals ihre Betten zu verlassen. Er hatte sich sehr gerne verpflichtet, so lange er konnte.

Er starrte auf die Menschenmenge im schwach beleuchteten Kartenzimmer. Die Tische waren ein halbes Dutzend Fuß zurückgeschoben worden, um Platz für eine kleine Bühne zu schaffen, die groß genug war, um eine Person in dem Stuhl unterzubringen, der in der Mitte platziert worden war. Der Raum war voll von Männern, die redeten und tranken und Rauch aus faul an den Unterlippen hängenden Zigarren ausstießen. Es gab einige Gesichter, die er erkannte. Zum Glück niemand, den er als engen Freund betrachtete. Die Auktion heute Abend und der bloße Gedanke an das, was hier geschah, drehte Lawrence den Magen herum.

Er wäre überhaupt nicht hier, wenn da nicht der Brief gewesen wäre, den er von seinem jüngeren Bruder Avery erhalten hatte. Sein Bruder hatte ihm geschrieben, er solle heute Abend hingehen und sich notieren, welche Männer die Ware von der heutigen privaten Auktion gekauft hatten.

Was Lawrence nicht realisiert hatte, war, dass die Ware *Sklaven* sein sollten. Er hatte gehofft, es könnte eine andere unrühmliche Aktivität sein, die er zu stoppen half, aber Sklaverei? Nicht irgendeine Sklaverei, sondern eine von intimer Natur.

Sklaverei war in England zumindest öffentlich verboten worden. Dennoch wurden Frauen heute Abend wie Pferde bei Tattersall an den Meistbietenden verkauft und zweifellos weniger als freundlich behandelt. Sein Blut kochte bei dem Gedanken, dass Frauen einem solchen Schicksal ausgeliefert sein sollten. Er *verehrte* Frauen. Frauen waren reizende, zarte Kreaturen, die gütige, verspielte und großzügige Liebhaber im Bett verdienten. Nicht diese Ungerechtigkeit.

Von dem Moment an, als er das Geflüster von anderen Männern in diesem Raum hörte, hatte sein Herz begonnen, sich mit Furcht zu füllen. Avery sollte gleich nach der Auktion eintreffen, um die Männer, die diese Frauen kauften, aufzuhalten und sie verhaften zu lassen.

Aber was, wenn Avery zu spät käme? Was wäre, wenn einige der Männer vor Abschluss der Auktion gehen würden und die Frauen nicht gerettet werden könnten? Hundert neue Ängste erhoben sich in ihm, als er versuchte, sich zu konzentrieren und ruhig zu bleiben. Er musste jeden Mann in diesem Raum katalogisieren, der ein Gebot abgab, nicht nur diejenigen, die eine Sklavin kauften.

Einer der Männer, die das Weiße Haus leiteten, näherte sich der Bühne und stellte den kleinen, aber eleganten Stuhl auf der Bühne zurecht. Schweigen senkte sich über den Raum, und eine Spannung baute sich in der Luft so dick auf, dass Lawrence das Gefühl hatte, er müsse ersticken.

»Wir werden in Kürze beginnen, meine Herren. Bitte haben Sie noch einen Moment Geduld.« Das Summen der Gespräche um ihn herum begann aufs Neue. Er hatte noch Zeit, bevor die Auktion begann. Lawrence lehnte sich zurück an die Wand, neben der nächsten Tür, die ihm einen schnellen Ausgang verschaffen würde. Er wollte den Raum im gleichen Moment verlassen, in dem diese schreckliche Szene vorbei war.

Die Tür neben ihm knarrte auf, und eine dreckige blonde Frau führte eine rot gekleidete Frau in das Zimmer. Sie kamen dicht an ihm vorbei, als sie sich der Bühne näherten. Satin flüsterte gegen seine Stiefel, als die zweite Frau an ihm vorbei strich. Ein Hauch von Rosenwasser streichelte seine Nase. Er beobachtete, wie sie auf die Bühne zuging, folgte ihren Bewegungen und hasste es, dass diese Frau einem solchen Schicksal gegenüberstand. Es war genug, um jeden anständigen Mann krank zu machen.

Lawrence nahm einen tiefen Atemzug, als die Frau sich der kleinen Bühne näherte und dabei ins Licht tauchte. Männer johlten, und mehrere riefen grausame Vorschläge, was sie ihr antun wollten. Lawrence bewegte sich wie in einem Traum auf sie und die Bühne zu. Ihr rabenschwarzes Haar und ihre helle Olivenhaut waren exquisit, sogar unter dem Glanz des einzelnen Kronleuchters über ihrem Kopf. Das rote Satinkleid, das sie trug, schmiegte sich an jede Kurve und überließ wenig der Fantasie. Anstatt billig auszusehen, sah die Frau unwiderstehlich aus.

Die Männer um ihn herum flüsterten, als sie hungrig auf den Gegenstand starrten, für den sie bald bieten wollten. Lawrence kämpfte gegen den Drang an, zu der Frau zu rennen, sie zu schnappen und zu fliehen, nachdem er jeden Mann im Raum von einer sehr hohen Klippe gestoßen hatte.

Als sie ihre Röcke ein wenig raffte, um die Bühne zu erklettern, erhaschte er einen Blick auf vernünftige schwarze Stiefel, die ihre schlanken Knöchel bedeckten. Sein Körper flammte zum Leben auf, und er schämte sich für seine eigene Erregung.

Schau nicht auf sie - sieh die Männer an. Sie sind es, an die du dich erinnern sollst.

Er begann, seinen Fokus von der Frau abzuwenden, aber dann sah er ihr Gesicht. Sein Herz erstarrte in seiner Brust. Es war, als ob alles um ihn herum eingefroren wäre, zwischen einem Atemzug und dem nächsten, als er seinen Blick auf das Gesicht der Frau heftete. Da war etwas an ihren femininen, exotischen Gesichtszügen, das ihn zu ihr zog. Sie hatte leicht erhöhte Wangenknochen, einen sinnlichen Mund, geschwungene

Brauen und schockierend blaue Augen, die so hell waren, dass sie wie Saphire in dem Licht schimmerten, das ihr Gesicht erleuchtete.

Etwas bewegte sich tief in seinem Geist, wie Fragmente eines längst vergessenen Traums oder vielleicht die Fäden eines teilweise zerfransten Wandteppichs. Konnte man jemanden erkennen, dem man noch nie begegnet war? Das seltsame Gefühl ließ nicht nach, und das verwirrte ihn. Er hatte sie nie getroffen - er war sich dessen sicher - aber warum fühlte er sich dann, als hätte er es getan? Oder *hatte nicht ...*

Verdammt, er konnte nicht verstehen, was sein Verstand und seine Erinnerung ihm sagen wollten.

Einer der Mitarbeiter des Weißen Hauses stand in der Nähe der Bühne. »Wir beginnen die heutige Auktion mit einem Leckerbissen für Sie, meine Herren.« Seine Worte und die üppige Schönheit auf der Bühne erregten die Aufmerksamkeit jedes Mannes.

»Genießen Sie den Anblick dieser persischen Prinzessin. Welche Freuden könnte diese jungfräuliche Schönheit in Ihrem Bett erfahren? Das Mindestgebot sind fünfhundert Pfund.«

Lawrence schluckte schwer, als Männer um ihn herum anfingen zu bieten.

Du sollst dich nicht einmischen. Das sollst du nicht.

Es war ihm alles zu vertraut. Ihm wurde klar, dass er die Frau nicht erkannte, sondern die Gefühle rund um diese Travestie. Die Angst, die Panik, seine eigene

Ohnmacht, alles zu tun, um sie aufzuhalten. Er war damals zu jung gewesen, und es war zu spät gewesen, um eine Frau zu retten, die jemandes Hilfe gebraucht hatte. Hilfe von irgendwem. *Seine* Hilfe.

Ich werde nicht zulassen, dass es noch einmal passiert.

Er starrte die Frau auf der Bühne an und nahm ihr blasses, stoisches Gesicht in sich auf, als sie den Stimmen von Männern zuhörte, die sie beanspruchen würden. Ihre Hände, die ihre Röcke umklammerten, zitterten ganz leicht. Sie musste vor Angst fast außer sich sein, verbarg es aber gut. Er konnte nicht umhin, sie zu bewundern. In diesem Moment traf er eine Entscheidung.

Ich kann sie diesen Wölfen nicht überlassen. Ich werde nicht zulassen, dass sich die Vergangenheit wiederholt.

Er musste handeln. Die Warnungen seines Bruders, nur zuzusehen und zu beobachten, sollten zur Hölle fahren. Lawrence warf einen Blick auf die Frau und zwang sich, seine Angst zu verbergen und der entspannte skandalöse Schurke zu werden, als den der Rest der Welt ihn kannte. Er musste die Rolle überzeugend spielen, sonst riskierte er, sie an einen anderen Mann zu verlieren.

Warte, Liebling. Ich werde dich retten.

KAPITEL 2

Lawrence wollte nicht an dieser schrecklichen Sklavenauktion teilnehmen. Aber wenn die Dame mit einem dieser Männer nach Hause ginge, würden sie sie zwingen, Dinge zu tun, die sie nicht wollte, und er konnte den Gedanken daran nicht ertragen.

Als er erst siebzehn gewesen war, noch nicht wirklich ein Mann, hatte er sich in ein Bordell wie dieses gewagt. Er hatte sich für einen großartigen Kerl gehalten und war fest entschlossen gewesen, sich all die Freuden zu erlauben, für die die Münzen in seiner Tasche ausreichten. Sein Kopf war mit Bildern von eifrigen Dienstmädchen gefüllt gewesen, die ihn, auf einer Couch liegend, mit Beeren fütterten und sich bereitwillig seinem Willen unterwarfen, und wie sie alle eine Nacht miteinander verbrachten, die niemand so schnell vergessen würde.

Stattdessen hatte er beobachtet, wie sich Frauen verkauften, um zu überleben. Es war nicht schwer, die Verzweiflung in den Darbietungen derer zu sehen, die nicht dort sein wollten, oder die Leere derer, die aufgegeben hatten und kein anderes Leben kannten. Was schlimmer war, waren die Männer, die sie nicht besser behandelten als Vieh.

In jener Nacht hatte er eine Frau beobachtet, die von der ekelhaften Bordellbesitzerin als eine angekündigt worden war, die zum allerersten Mal dort gewesen war. Sie war von einem rohen Mann weggeschleppt worden, der dafür bezahlt hatte, der erste zu sein, der sie nahm. Sie hatte ihn angefleht, es nicht zu tun, dass sie gegen ihren Willen dort war, aber er hatte sie ins Gesicht geschlagen, bevor sie den Raum überhaupt verlassen hatten. Er hatte die Männer um ihn herum über ihr Unglück lachen hören. Er war wie festgefroren gewesen, unfähig einzugreifen, zu jung und verängstigt. Die Erinnerung hatte ihn seitdem jeden Moment verfolgt.

Er war von diesem Ort weggelaufen, Übelkeit über alles das im Magen, wofür der Ort stand, und er hatte nie einer Seele von seiner geheimen Schande erzählt. Erst als er vom Mitternachtsgarten und seinen Kurtisanen erfuhr, entdeckte er, dass es bessere Einrichtungen gab, aber dennoch hatte die Erfahrung auf ewig seine Meinung von bezahltem Vergnügen gesäuert.

»Zweitausend Pfund!«, rief ein Mann in der Nähe der Bühne. Das kühne Gebot holte Lawrence zurück in die

Realität. Er kam näher, um den Kerl besser zu sehen. Mit dunklen Haaren, Olivenhaut und einem tiefen Akzent war er sicherlich kein gebürtiger Engländer. Der Mann starrte die Frau hungrig an, und Lawrence schauderte. Der Hauch von Grausamkeit, der in seinem kalten Lächeln hing, ließ Lawrence' Blut kalt werden und brachte ihn zurück zu jener Nacht im Bordell vor so langer Zeit. Er konnte nicht zulassen, dass dieser Mann sie kaufen würde. Er würde das nicht tun.

Lawrence trat vor und schaffte ein Lachen. »Zweitausend? Himmel, diese Schönheit ist mehr wert als das! Siebentausend!«

Er schob sich von der Wand weg, an die er sich gelehnt hatte, und ging hinüber, um näher an der Bühne zu stehen, wobei er mehrere andere aus dem Weg schob. Lawrence musste eine Erklärung für den Rest des Raumes abgeben oder sich einem Bieterkrieg stellen, den er nicht gewinnen konnte.

Eine Stille senkte sich über die Menge, aber Lawrence konzentrierte sich nur auf die Frau, die auf der Bühne saß. Er musste derjenige sein, der sie nach Hause brachte und freiließ.

»Niemand mutig genug, um höher zu bieten, was?«, sagte er, so selbstbewusst, wie er konnte. Keiner von ihnen reagierte, nicht einmal ein Murmeln. Er hätte eine Feder fallen lassen können, und das Geräusch hätte wie ein Kanonenfeuer im Raum nachgehallt.

»Irgendwelche anderen Gebote?«, fragte der Auktionator in den Raum. »Siebentausend zum Ersten ...« Lawrence hielt seine Hände zu Fäusten geballt. »Zum Zweiten ...«

Die Frau auf der Bühne atmete nicht, ihr Gesicht wie in Stein geätzt. Sie schien am Rande eines Nervenzusammenbruchs zu stehen. *Warte, Liebling. Nur noch ein paar Sekunden.*

Das Gesicht des Auktionators leuchtete auf vor Gier, als er auf Lawrence zeigte. »*Verkauft* an den Bieter für siebentausend Pfund. Sobald Sie für Ihre Dame bezahlt haben, können Sie sie mitnehmen.«

Die Frau blickte auf, suchte nach ihm in der Menge, und Lawrence trat näher und wünschte, sie könnte sein Gesicht sehen und keine Angst haben. Der Auktionator packte ihren Arm und schleppte sie von der Bühne. Lawrence sah, wie sie stolperte, ein Aufblitzen von Angst in diesen atemberaubenden Augen, und er reagierte sofort.

»Hören sie auf!«, bellte er und griff sanft nach dem anderen Arm der Frau. Wütend starrte er den Auktionator an. »Wenn Sie noch einmal Hand an sie legen, bringe ich Sie um, haben Sie das verstanden? Ich will nicht, dass mein Eigentum beschädigt wird.«

»Selbstverständlich.« Das Gesicht des Auktionators wurde zu Recht fahl wie Asche. Lawrence' Blut kochte vor Wut.

Er richtete seine Aufmerksamkeit auf die Frau, um

sein Temperament abkühlen zu lassen. »Geht es dir gut, meine Liebe?«

Sie blinzelte zu ihm auf, und er erkannte, dass die hellen Lichter, die über der Bühne hingen, es ihr wahrscheinlich schwer gemacht hatten, ihn überhaupt zu sehen.

»Ja ... ich ...« Ihre Stimme war seidig, doch jedes Wort vibrierte vor Angst.

»Gut. Warte auf mich. Ich bin gleich wieder da. Ich verspreche, dass ich nicht zulasse, dass dir jemand wehtut.«

Er ließ widerwillig ihren Arm los und ging in den hinteren Teil des Raumes, wo eine andere Tür zum Büro der Besitzerin führte. Eine dralle Frau saß an einem Schreibtisch und schrieb Namen und Zahlen in ein Hauptbuch. Sie sah ihn kaum an, als er eintrat. »Ich bin gekommen, um für meine ...« Er erstickte fast an seinem nächsten Wort. »... Ware zu bezahlen.«

»Oh?« Die Frau blickte schließlich auf. Ihre dunklen Augen richteten sich auf ihn und nahmen seine feine Kleidung auf, als ob sie seine Zahlungsfähigkeit anzeigten.

»Ja, hier ist eine Banknote.« Er hat eine kräftige Summe ausgegeben, weil er wusste, dass er es sich leisten konnte. Als zweiter Sohn eines Marquess hatte er schon früh erfahren, wie wichtig Investitionen waren. Er hatte keine Lust, seinen älteren Bruder Lucien um Geld zu bitten. Lucien würde ihm alles geben, was er wollte, aber Lawrence hatte seinen Stolz.

»Danke.« Die Dame nahm ihm den Zettel ab und winkte, dass er sich entfernen dürfe. Es war offensichtlich, dass er nicht mehr Aufmerksamkeit verdiente, als es für die Bearbeitung seines Kaufs nötig war. Das Weiße Haus war ganz anders als der Mitternachtsgarten - hier gab es keine warme Umarmung wie bei Madame Chanson, wenn sie ihre Gäste begrüßte. Sie führte ihr Haus vollständig auf Empfehlungen hin und stellte nur Damen und Herren ein, die Profis waren, nicht diejenigen, die verzweifelt nach Münzen suchten. Sie waren wahre *Cortigiane Oneste*, geschickt in weit mehr als nur den Angelegenheiten des Fleisches. Londons Elite wählte den Mitternachtsgarten, wenn sie ihre Freuden sauber und ohne das, was Lawrence als »verschmutztes Wasser« bezeichnete, wünschten. Dies bezog sich nicht auf die Damen, sondern auf die Männer, die diese Einrichtungen besuchten und die Krankheiten, die sie oft verbreiteten.

Lawrence verließ das Büro der Frau und entdeckte die Blondine mit den dreckigen Haaren, die seine Frau auf die Bühne begleitet hatte.

»Entschuldigen Sie, Miss. Könnten Sie mich bitte in das Zimmer der Frau bringen, die ich ...« Wieder schluckte er die widerwärtigen Worte.

»Gekauft habe?«, schlug die Frau mit einem

wissenden Grinsen vor. Lawrence runzelte die Stirn, nickte aber.

»Hier entlang, Schätzchen. Sie ist eine *echte* Schönheit, die da. Aber halten Sie Ihre Messer und Pistolen außer Reichweite, wenn Sie verstehen, was ich meine. Sie hat ein Feuer in den Augen. Sie wird wahrscheinlich versuchen, dir die Kehle aufzuschlitzen, sobald du einschläfst.«

Lawrence griff unbewusst nach oben und fummelte an seiner Krawatte, als sie am Ende der Halle an eine Tür kamen. Die Frau steckte einen alten Messingschlüssel in das Schloss und drehte ihn, bis er klickte, und dann trat sie aus dem Weg und erlaubte ihm den Eintritt. Er schloss die Tür hinter sich und entdeckte die Frau auf der gegenüberliegenden Seite des Raumes.

Sie hatte das Bett zwischen sie beide gestellt. Ihre Hände waren leicht angehoben, als würde sie jeden Moment in Notwehr um sich schlagen. Er war hin- und hergerissen zwischen Enttäuschung über ihre Angst und Bewunderung für ihr Feuer. Eine Frau, die für sich selbst kämpfte, war eine Frau, die respektiert werden musste.

Er hob seine eigenen Handflächen. »Beruhige dich, Liebling. Ich werde dir nicht weh tun. Ich hatte noch nicht einmal geplant ...« Sie starrte ihn an, ihre blauen Augen so auffällig, dass seine Gedanken auf Wanderschaft gingen. Er fing sich. »Wie heißt du?«, fragte er.

Die Frau schwieg für einen langen Moment. »Zehra Darzi.«

»Miss Darzi, ich bin Lawrence Russell.« Er ging einen Schritt näher, und sie trat zurück wie ein verschrecktes Fohlen, aber ihre Augen versprachen Gefahr, wenn er noch näher kommen würde.

»Wie gesagt, ich habe nicht den Wunsch, dir zu schaden.«

»Das behaupten Sie.« Sie sprach gut Englisch, aber sie hatte auch einen starken Akzent, den er nicht ganz platzieren konnte. Der Hauch von Fremdheit machte ihre Stimme zauberhaft und geheimnisvoll.

»Sei versichert, mein Wort ist aus Eisen. Ich habe dich gekauft, um dich vor den anderen Männern zu retten. Ich werde dich nicht ausnutzen. Weder jetzt, noch sonst jemals.«

Zehra hob eine dunkle Braue. »Ein heißblütiger Mann mit einem engelhaften Gesicht möchte *nicht*, dass ich mit ihm ins Bett gehe? Ich weiß nicht, ob ich Ihnen glaube. Schöne Männer wie Sie wollen *immer* mit Frauen schlafen.«

Er konnte dem Grinsen nicht widerstehen. »Du findest mich schön?« Er wusste um seine Wirkung auf das schöne Geschlecht, aber es von dieser Frau zu hören, fühlte sich nach mehr an als nur nach Schmeichelei.

»Sie wissen, dass Sie es sind, Mr. Russell.«

Er neigte den Kopf und betrachtete sie. »*Mit dunklen Haaren wie ein Rabenflügel und Augen wie polierten Mondsteinen fegt sie mich von Träumen von Morgennebeln weg.*« Er zitierte ein altes Gedicht, an das er sich kaum erinnerte, bis auf diese eine Zeile.

»*The Raven Lass?*«, fragte sie. »William Helms. Ein obskures Gedicht, nicht wahr?«

»In der Tat«, sagte er fassungslos, dass sie es überhaupt kannte. »Eines der Lieblingsgedichte meiner Mutter. Sie hat es mir oft als Junge vorgetragen, aber ich werde verdammt sein, wenn ich mich an mehr davon erinnern kann.«

»Meine Mutter lehrte mich auch dieses Gedicht«, murmelte Zehra, ihre bezaubernden blauen Augen verdunkelten sich, als sie ihn anstarrte.

»Oh? Was für eine seltsame Sache. Ich ...«

Was auch immer er zu sagen vorgehabt hatte, wurde durch die Geräusche von Aufregung im Korridor abgeschnitten. Er öffnete die Tür und sah mehrere Prostituierte den Flur entlang fliehen. Eine von ihnen war die Blondine, die ihn hergebracht hatte. Er fing ihren Arm, als sie vorbei lief.

»Was ist denn los?«

»Bow Street Runners! Sie durchsuchen das Haus. Du machst dich besser schnell hier raus. Sie werden deine Frau auf das Boot zurückschicken, wenn sie sie hier finden.« Die Frau riss sich aus seinem Griff und floh den Flur hinunter.

»Wurde verdammt nochmal Zeit!«, murmelte Lawrence. Die Polizisten würden sie finden, und er könnte Zehra zurück nach Hause bringen - oder zumindest würden sie sie zurück auf ein Schiff schaffen, das sie dorthin bringen würde.

»*Bitte*.« Zehras Stimme kam von direkt hinter ihm. Als er sich umdrehte, packte ihre Hand seinen Arm, ihr Griff überraschend stark. »Bitte, sorgen Sie dafür, dass sie mich nicht zurückschicken. Ich werde mit Ihnen nach Hause gehen.« Es war geradezu unmöglich, ihrem flehenden Blick zu widerstehen.

»Aber du wärest in Sicherheit, und ...«

Sie schüttelte den Kopf. »Nein, das wäre ich nicht. Ich muss hierbleiben. Bei Ihnen.«

Erneutes Schreien brandete vor der Tür auf. Lawrence hatte nur Sekunden, um zu entscheiden, was er tun sollte.

»Du wirst nicht in Sicherheit sein, wenn du heimkehrst?«

Sie schüttelte den Kopf, ohne sich zu erklären.

»Willst du wirklich bei mir bleiben?«

»Ja. Wenn Sie ein Mann sind, der sein Wort hält.« Sie drückte seine Handfläche noch einmal, und er erwiderte den Druck.

»Sehr gut, sei schnell und leise. Wir müssen an den Männern vorbei. Wenn wir die Straße erreichen können, kann ich dich vielleicht herausholen, ohne dass wir entdeckt werden.«

Er hielt ihre Hand und genoss ihre warme Haut an seiner, als sie den Korridor hinunter in die gleiche Richtung eilten, in die die Schar von Huren vor ihnen gegangen war. Mehrere Zimmertüren waren offen, und Männer zogen sich hastig an. Einige kletterten aus den Fenstern.

Lawrence fand eine Tür, die sich zu den Gärten an der Rückseite des Anwesens öffnete. »Hier entlang.«

»Sind Sie sicher?«, fragte Zehra.

»Definitiv.« Zumindest hoffte er das. Er hatte so manches Haus durch die Gärten verlassen müssen, seit er alt genug war, um Frauen zu verführen. Dies war nicht das erste Mal, dass er eine Hecke erklommen oder sich durch Rosensträucher und Rhododendren gekämpft hatte. Er und Zehra krochen durch das verdunkelte Labyrinth von Sträuchern, bis sie ihren Weg zu den Stallungen zwischen dem Weißen Haus und dem Gebäude daneben fanden.

»Warte hier, während ich eine Mietkutsche finde.« Er schob sie in die Schatten, und sie presste sich gegen die Wand. Für einen Moment trafen sich ihre Blicke, und er konnte sehen, wie ihre Angst und ihr Vertrauen miteinander kämpften.

»Solltest du dich nicht beeilen?«, fragte sie in einem zitternden Flüstern.

»Richtig«, murmelte er und eilte die Gasse hinunter zur Straße.

ZEHRA HIELT DEN ATEM AN, ALS SIE IM SCHATTEN wartete. Die Büsche um sie herum raschelten, während sie lauschte und gegen den Drang zu fliehen ankämpfte. Und dann hörte sie *seine* Stimme.

»Die Unverschämtheit. Die *Arroganz*. Es wird nicht ungestraft bleiben. Ich werde sie finden. Der Mann, der sie gekauft hat, dürfte seinen Namen in das Buch der Madame eingetragen haben. Wir werden morgen wiederkommen, und ich werde mir seinen Namen holen, und wenn ich ihn finde ...« Die Stimme sank zu einem tiefen Knurren. »Ich werde ihm die Kehle durchschneiden und zurücknehmen, was mir gehört.«

»Aye, Sir«, antwortete ein anderer Mann mit einem groben englischen Akzent. »Aber wäre das nicht gefährlich? Einem Mann die Kehle durchschneiden? Du könntest gefangen und gehängt werden.«

Al-Zahranis Stimme drang durch die Büsche, und Zehra schloss ihre Augen und kämpfte gegen den Drang an, loszurennen. Sie wäre verloren.

»Ich werde jeden töten, der mir im Weg steht, verstehst du? Sie hat hier Familie. Zweifellos wird sie irgendwann zu ihnen gehen. Die Männer sollen Tag und Nacht auf deren Haus aufpassen. Melde mir alles, was ungewöhnlich ist. Sobald ich sie finde, werde ich sie mit allen notwendigen Mitteln mitnehmen.«

Nein ... Tränen stiegen Zehra in die Augen. Er würde unschuldige Männer und Frauen töten, um zu ihr, ihrer eigenen Familie, zu gelangen. Eine Familie, die vermutlich nicht einmal wusste, dass sie existierte. Zehra drückte sich tiefer in die hohen Büsche und wollte in diesem Moment nicht existieren.

Bitte, sorg dafür, dass er mich nicht findet. Sie flehte den Himmel an, ihr diesen einen Gefallen zu gewähren, wenn auch sonst nichts.

Al-Zahrani und sein Gefährte gingen weiter, aber sie wagte es nicht, sich zu bewegen. Sie betete, dass Lawrence sie bald finden würde.

❦

LAWRENCE KAM SCHLITTERND ZUM STEHEN, ALS ER den Bürgersteig erreichte. Eine Reihe von Bow Street Runners standen immer noch auf den Stufen des Weißen Hauses.

»Verdammter Mist!« Er wartete und beobachtete die Männer eine Ewigkeit lang, bevor sie sich den anderen im Bordell anschlossen.

»Das wurde auch Zeit.« Er ging zügig die Straße entlang und versuchte, unauffällig auszusehen, was um Mitternacht schwierig war. Er sah eine Kutsche, die auf Passagiere zu warten schien, und winkte, damit der Mann die Gasse herunter zu ihm kam. Dann schlüpfte er zurück in die Gasse, um Zehra zu finden. Sie wartete genau dort, wo er sie verlassen hatte. Als er nahe genug kam, um nach ihrer Hand zu greifen, bemerkte er, dass sie zitterte.

»Du musst am Erfrieren sein.« Er zog seinen Mantel aus und schob ihn über ihre Schultern, bevor sie protestieren konnte. »Hier entlang. Ich habe eine Kutsche gefunden. Wir müssen uns schnell bewegen, wenn wir ohne gesehen zu werden hineinkommen wollen.« Er zog ihren Arm in seinen Ellenbogen und führte sie zur Kutsche. Bevor sie hineinkletterten, fing er ihr Kinn und neigte ihren Kopf zu seinem. »Verstehst du, du musst nicht mit mir kommen. Du kannst jederzeit gehen. Hast du Freunde hier? Jemand, der dich aufnehmen könnte? Ich würde dich überall hinbringen, wohin du willst.«

Zehra griff nach seiner Hand, und die Geste wärmte ihm das Blut. »Mylord, ich *möchte* mit Ihnen kommen. Sie müssen mir glauben - auf diese Weise ist es viel sicherer.«

Er sollte sich ihr nicht so verbunden fühlen. Nicht auf diese Weise. Doch ihre Worte bewegten ihn trotzdem. »Also gut. Schnell, steig ein.« Er half ihr in die Kutsche und nannte dem Fahrer seine Adresse, und das Gefährt begann die Straße hinunter zu klappern. Lawrence seufzte erleichtert, als Zehra neben ihm saß. Ohne nachzudenken, legte er einen Arm um ihre Schultern und zog sie an seine Seite. Sie versteifte sich für einen Moment, aber dann entspannte sie sich, und er genoss das Gefühl ihrer weiblichen Gestalt, die ihm so nahe war. Ihre Lippen öffneten sich, und ihre Hände ballten sich in ihren Röcken, als sie sich zum Fenster beugte und durch die Vorhänge schaute. Ihre Augen waren auf die Straßen fixiert.

»Es ist so anders hier«, murmelte sie.

»Anders?«, fragte er neugierig.

»Ja.« Sie deutete auf die mondbeleuchteten Straßen, und trotz ihres Errötens lagen Feuer und Standhaftigkeit in ihrer Stimme und ihrem Blick, als sie sprach.

»Bitte, sag mir, was du sagen wolltest.« Er wollte, dass sie sprach. Ihre sanfte Stimme war wie vom Himmel geschickt, und er hätte ihr stundenlang zuhören können. Normalerweise hörte er gerne Frauen seinen Namen seufzen oder stöhnen, aber mit Zehra wollte er sich unterhalten. Er spürte, dass alles, was sie sagte, einen Sinn haben würde.

»Es ist so kalt und hart hier. Mein Zuhause war warm und bunt.«

»Wo ist dein Zuhause?«, fragte er, halb fürchtend, sie würde es ihm nicht sagen.

»Persien«, antwortete sie leise.

Er blinzelte. »Warte, der Auktionator hat nicht gelogen? Du bist wirklich aus Persien?« Sie nickte, und er lächelte. »Heißt das, du bist auch eine Prinzessin?«

»Vielleicht«, antwortete sie, ein sanftes Funkeln in ihren Augen.

Sie schien so ängstlich, so zögerlich um ihn herum, aber er verstand es. Sie war eine tapfere Frau, die sich einem Leben als Sklavin gegenübersah, wenn sie ihm nicht trauen konnte. Er wollte sie fragen, warum sie hier bei ihm bleiben wollte, aber die Kutsche zum Stillstand, und der Fahrer verkündete seine Adresse. Er bewegte sich, um zuerst auszusteigen, und genoss es, sie aus der Kutsche zu heben. Nichts schien wunderbarer, als sie in den Armen zu halten, und er hasste es, sie auf dem Boden abzusetzen und loszulassen.

Mit einem verstohlenen Blick erkannte er, dass die Straße leer war, und so eilten sie die Stufen zu seiner Tür hinauf. Sein Butler, Mr. MacTavish, wartete auf ihn. Die Augen des alten stämmigen Schotten weiteten sich beim Anblick von Zehra, aber er stellte ihre Anwesenheit nicht in Frage. Lawrence hatte in den letzten Jahren eine ganze Reihe von Geliebten gehalten, was bedeutete, dass eine Dame nach Mitternacht nicht völlig unerwartet war. Sie blieben normalerweise nicht länger als eine Nacht, so dass MacTavish wahrscheinlich überrascht wäre, wenn Zehra länger bleiben würde.

»MacTavish, das ist Miss Zehra Darzi, und sie ist mein geschätzter Gast. Bitte lassen Sie eine Kammer für sie vorbereiten.«

Der alte Schotte blinzelte in momentaner Verwirrung. »Nicht in Ihrem Zimmer?«, fragte er, seine Stimme höflich und vorsichtig.

»Nein. Miss Darzi wird ihre eigenen Räume haben. Sie wird Sie anweisen, was ihre Bedürfnisse in Bezug auf Mahlzeiten und alles andere sind.«

Lawrence hielt am Fuße der Treppe inne, Zehra an seiner Seite, als er sie ansah. »Du hast kein Dienstmädchen ... Ich habe gerade erst erkannt, dass du wahrscheinlich gar nichts hast. Wie töricht von mir.«

Zehra schüttelte den Kopf. »Ich hatte natürlich ein Dienstmädchen zu Hause, aber sie ist ...« Ihre Worte brachen ab. Sie schien ihre nächsten Worte sorgfältig zu überdenken. »Sie ist nicht mehr bei mir.«

MacTavish mischte sich ein. »Ähm ... Soll ich mich gleich am frühen Morgen erkundigen, wo sich ein Dienstmädchen für die Dame beschaffen ließe?«

Lawrence antwortete: »Ja«, aber im gleichen Moment sagte Zehra: »Nein.«

»Du wirst ein Dienstmädchen brauchen, während du hier bleibst«, erklärte Lawrence. »Ich kann meine Dienstmädchen im Obergeschoss nicht bitten, Zeit außerhalb ihrer Pflichten zu verbringen, um dir zu helfen. Ich würde es sehr bevorzugen, wenn du ein eigenes Dienstmädchen hast, das bereit ist, sich um alle deine Bedürfnisse zu kümmern, ganz zu schweigen dir mit den Kleidern zu helfen.«

Ihre Wangen wurden rosa, und sie blickte weg. »Ich habe nur dieses Kleid. Ein Dienstmädchen wird nicht benötigt.«

Lawrence blickte sie betroffen an. »Zehra, du verletzt mich.« Er neckte sie, aber der Blitz der Panik in ihren Augen ließ ihn hastig weiterreden. »Du hastmich unter den *am wenigsten* seriösen Umständen kennengelernt, ich weiß, aber sei versichert, dass du unter meinem Dach richtig behandelt werden wirst.« Er streichelte ihre

Wange und liebte es, wie sich ihre Augen weiteten. »Ich fürchte, das bedeutet, dass du eine neue Garderobe ertragen musst.«

Zehra starrte ihn ungläubig an, als er sie nach oben führte. Unter ihnen rief MacTavish nach Bediensteten, die sich um sie kümmern sollten.

»Du kannst dich vorerst in meinen Kammern ausruhen, bis sie dein Zimmer vorbereitet haben.« Er begleitete sie in sein eigenes Zimmer und führte sie hinein. Ein Feuer brannte im Kamin, und Lawrence wusste, dass bald ein Tablett mit Essen hochgeschickt werden würde, aber zumindest für jetzt konnte er Zehra zur Ruhe bringen. Sie verweilte an der Tür, ihre eleganten Finger krampften sich in die Seide ihres Kleides. Lawrence sehnte sich danach, diese Hände wieder zu berühren, um ihr zu versichern, dass alles in Ordnung sei, aber er fürchtete, dass sie ihm immer noch nicht vertraute.

»Bitte setz dich. Ich kann dir Wein oder ein bisschen Brandy anbieten?« Er bewegte sich in Richtung der Dekanter auf seinem Beistelltisch, dann wurde sein Gesicht warm. »Ich nehme an, du trinkst keinen Alkohol, oder? Ich entschuldige mich, wenn ich dich beleidigt haben sollte.«

»Nein, es ist gut. Ich trinke gelegentlich. Meine Mutter war keine Perserin, und ich wuchs in zwei verschiedenen Kulturen auf. Ich hätte gerne ein Glas Wein«, antwortete Zehra, als sie sich auf einen Stuhl am Feuer setzte. Er schenkte ihr ein Glas ein und reichte es ihr, dann setzte er sich auf den Stuhl und beobachtete sie. Sie schluckte schwer. Ihr Vater hatte es abgelehnt, aber ihre Mutter hatte sie oft ein Glas Wein im Geheimen trinken lassen, wenn sie allein gewesen waren, und Zehra mochte Wein.

»Haben sie dir im Weißen Haus genügend Nahrung gegeben?«

»Das Weiße Haus?«, fragte sie verwirrt.

»Ja, das Bordell, in dem du ...«

»Oh.« Ihre Wangen wurden dunkelrot. »Etwas. Ich hatte gegen Mittag ein Glas Wasser und ein Stück Brot ...«

»Um Himmels Willen!«, fluchte Lawrence. Die arme Frau war ausgehungert worden. Sie zuckte bei seinem Ausbruch zusammen. »Entschuldige bitte. Ich wollte dich nicht erschrecken. Es ist nur, je mehr ich von diesem Ort erfahre, desto wütender macht es mich.« Das Wort wurde dem nicht annähernd gerecht, was sich in ihm abspielte, aber er würde dieser armen, verängstigten Frau nicht sagen, dass er zurückgehen und den Ort niederreißen wollte.

Zehra schlürfte ihren Wein langsamer, ihre Augen suchten in seinem Gesicht, als ob sie versuchte festzustellen, ob er noch eine Bedrohung war. Sie sollte eine Minute allein haben, sogar ohne ihn. Es könnte ihr Zeit geben, sich einzugewöhnen und sich sicherer zu fühlen.

»Ich denke, ich werde hinuntergehen und etwas

zusätzliches Essen heraufbringen lassen. Bitte bleib hier und wärme dich am Feuer.«

Er ließ sie in Ruhe und fühlte, dass sie nach den Schrecken, die sie erlitten hatte, ein wenig Ruhe gebrauchen konnte. Aus ihrer Rede war klar, dass sie eine hochgeborene Dame und nicht an die Behandlung gewöhnt war, die sie erlebt hatte. Nicht, dass *irgendeine* Frau daran gewöhnt sein sollte. MacTavish wartete im Flur auf ihn, seine dunklen Brauen zogen sich zusammen.

»Mylord, ist sie ... Braucht sie etwas?«

»Ja. Etwas zu Essen. Lassen Sie alles, was die Köchin auf die schnelle zusammenstellen kann, unverzüglich heraufbringen.«

Sein Butler nickte, und aus MacTavishs Zögern war klar, dass er spürte, dass Zehra kein gewöhnlicher Gast war.

»Ich werde Ihnen alles erklären, sobald es sicher ist. Es ist für sie, nicht für mich, dass wir Geheimhaltung haben müssen.«

MacTavish nickte. Er diente in Lawrence' Haushalt, seit dieser zwanzig geworden war, und war durchaus daran gewöhnt, Befehle seltsamer Natur anzunehmen. »Die Dienstmädchen werden sich um ihr Zimmer kümmern, und ich werde alle wissen lassen, dass dieser Gast etwas Besonderes und ihre Anwesenheit ein Geheimnis ist.«

»Danke. Richten Sie allen meine Entschuldigung aus für die späte Stunde.« Lawrence ging die Treppe hinunter zu seinem Arbeitszimmer, wo er ein wenig Pergament herauszog und eine Feder und ein Tintenfässchen vorbereitete. Er zögerte jedoch, als er die Feder aufs Papier legte.

Was würde er seinem Bruder sagen? Sich für den Kauf einer Frau entschuldigen, nachdem er geschworen hatte, dass er sich nicht einmischen würde? Aber was hätte er denn sonst tun sollen? Untätig herumsitzen, während einer Frau die Freiheit entzogen wurde? Wenn überhaupt, war es die Schuld seines Bruders, ihn nicht richtig gewarnt zu haben.

Er hatte einen Blick auf Zehra geworfen und gewusst, dass er nicht zulassen konnte, dass ein anderer Mann ihrer habhaft wurde. Da war etwas an ihren Augen und wie sie sich bewegte. Es brachte Erinnerungen zurück, die so weit in die Vertiefungen seines Geistes reichten, und sie schienen ihm etwas zuzuflüstern, aber er konnte sie nicht ins Licht ziehen, konnte nicht verstehen, was er sah - oder woran er sich halb erinnerte.

Aber da war etwas an Zehra, das er nicht aus dem Kopf bekommen konnte. Sie erinnerte ihn zu sehr an die junge Frau aus dem Bordell Jahre zuvor, wenn auch nicht direkt dem Aussehen nach, natürlich. Es war die Situation als Ganzes. Es fühlte sich an, als hätte man ihm eine zweite Chance gegeben, einen vergangenen Fehler zu korrigieren.

Er starrte hart auf das Pergament. Mit einem Fluch zerknüllte er es zu einem Ball und warf ihn ins Feuer. Als er zusah, wie das Pergament in der Glut zerfiel, seufzte er und blickte zur Decke hinauf, wo Zehra jetzt saß, eine Etage höher.

Sie war eine reizende Frau, die eine schreckliche Prüfung durchgemacht hatte, und er war von ihr auf eine Weise bewegt, die viel zu gefährlich war. Er hielt sich nie für einen wahren Gentleman - in dieser Hinsicht geriet er viel zu sehr nach seinem älteren Bruder Lucien. Wie seine Mutter mehr als einmal gesagt hatte: »Schurken sind leider Teil der Familie.« Wenn er Zehra sehr lange unter seinem Dach behielte, hätte er Schwierigkeiten, ein Gentleman zu bleiben.

Aber er war auch kein Mann, der jemals irgendeiner Frau Gewalt antun wollte. Er hatte einige Skrupel, an denen er sich noch festhielt, bei Gott. Aber wenn sie ihm in irgendeiner Weise einen Hinweis gab, dass sie sein Bett teilen wollte, würde er sie sicherlich nicht zurückweisen. Das Problem wäre, festzustellen, ob eine derartige Annäherung ihrerseits echt sein würde oder aus einem Gefühl der Dankbarkeit erwuchs. Letzteres würde er nicht ertragen.

Lawrence lehnte sich in seinem Stuhl zurück und runzelte die Stirn. Diese Woche sollte seine ganze Familie für verschiedene Sommerpartys in London anwesend sein, und er wäre zweifellos gezwungen, auch diese Veranstaltungen zu besuchen, aber wollte er so lange mit Zehra machen?

Er müsste seine persische Prinzessin vorerst sicher

verstecken. Er konnte immer noch den Ausdruck der Angst in ihren Augen sehen, als sie ihn angefleht hatte, sie zu behalten, obwohl er ihre Freiheit versprochen hatte. Etwas an dem Gedanken, nach Hause zurückzukehren, hatte sie erschreckt. Es war ein Rätsel - eines, dem er unbedingt auf den Grund zu gehen beabsichtigte, sobald sie eine Chance gehabt hatte, sich auszuruhen.

Himmel, er war dankbar, dass kein anderer Mann gegen ihn geboten hatte. Siebentausend waren eine unglaubliche Summe, eine, die er nur schwer erklären konnte, wenn jemand seine Konten in Frage stellte - zumindest vorausgesetzt, dass das Weiße Haus die Banknote überhaupt würde einlösen können, was unwahrscheinlich war, da die Bow Street Runners das Bordell zerlegt hatten. Aber er hatte gewonnen und war erleichtert, dass sie mit ihm nach Hause gekommen war. Sie war jetzt sicher und würde es unter seiner Aufsicht auch bleiben.

KAPITEL 3

Zehra nippte an ihrem Wein, auch wenn ihr der Magen schmerzte nach all den Tagen, in denen sie kaum etwas und oft mal gar nichts gegessen hatte. Sie kämpfte gegen den pochenden Kopfschmerz an und blickte sich in der Schlafkammer ihres Retters um. Sein hohes Himmelbett mit dem dunkelgrünen Überwurf sah einladend aus, vielleicht *zu* einladend. Beim Fenster stand der Waschtisch mit den Rasierutensilien und einer Kommode. An einer Wand lehnte ein hoher Bücherschrank, der vollgestopft war mit teils alten, teils aber auch recht neuen Büchern. Mit ihrem Weinglas in der Hand näherte sie sich dem Regal.

»Wer sind Sie Lawrence Russell?«, flüsterte sie und las die vergoldeten Buchrücken im Regal. Gotische Novellen, Poesie, Wissenschaften, Kunst, Philosophie. Wie es aussah, war er sehr belesen. Ein belesener Mann wahr wohl eher kein brutaler Mann. Zumindest hoffte sie das.

Er behauptete, dass er sie gekauft hatte, um sie vor anderen Männern zu beschützen. Aber sie hatte in letzter Zeit lernen müssen, dass sie niemandem vertrauen konnte - keinem Fremden, nicht einmal Freunden. Ihre Eltern waren tot, weil sie einem Mann vertraut hatten, von dem sie einst glaubten, er sei ihr Freund.

Zehra schloss die Augen. Tränen liefen ihr übers Gesicht, und die kühle Frühlingsluft, die durch das offene Fenster hereinströmte, trocknete die Spuren. Sie riss sich zusammen, musste den Schmerz ihres Verlusts so oder so ertragen. Es würde eine Zeit für Trauer geben, aber noch nicht. Nicht, ehe sie die Familie ihrer Mutter gefunden hatte und wusste, ob diese ihr ein Heim bieten oder sie zum Teufel jagen würden.

Sie konnte fast die Stimme ihres Vaters hören. »*Du musst stark sein, nur noch eine kleine Weile, meine Wüstenrose, nur noch ein bisschen.*« Wüstenrose. Wie oft hatte er sie so genannt? Ihre Mutter hatte vor Freude über diesen Kosenamen gelacht, wann immer Zehra auf einem kleinen See aus Rosenblättern getanzt und das starke Aroma der schönsten Blume der Welt eingeatmet hatte.

Für einen Moment wurde sie in die Vergangenheit zurückversetzt, und sonnige Erinnerungen trugen sie fort von dieser dunklen, kalten Insel. Ihr Vater saß in einer flachen Grube vor einem Feuer, der Nachthimmel übersät mit Sternen, und er spielte die Setar, ein Instrument, das einer indischen Zither ähnelte. Er sang mit einer schaurig schönen Stimme. Zehra hatte dann, eingehüllt in die Arme ihrer Mutter, danebengesessen, und ihre Mutter hatte ihr flüsternd die Bedeutung der Worte erklärt.

I AM A CANDLE BURNING FOR YOU,

>   *My heart is aflame with ardor for you,*
>
>   *Yet you shall never come home,*
>
>   *My gleaming pearl, my dearest heart,*
>
>   *I wait...I wait in the darkness, burning bright into the night,*
>
>   *Hoping against hope you will find your way home.*

SIE WAR ZU JUNG GEWESEN, UM DEN BLICK ZU verstehen, den ihre Eltern in diesen Momenten getauscht hatten. Die Sanftheit, die kleinen, unausgesprochenen Geheimnisse, die in der Luft zu schweben schienen.

Aber dieses Leben war vorbei. Sie würde niemals nach Hause zurückkehren, denn dieses Zuhause gab es nicht mehr. Alles, was geblieben war, war ein heruntergebrannter Palast, und Blut, das die Bodenfliesen bedeckte. Der Gestank des Bösen würde diesen Ort niemals verlassen, nicht für sie. Selbst wenn sie es könnte, würde sie nicht dorthin zurückkehren.

Ihre Lider flogen auf, als die Tür zur Kammer knarrte. Sie drehte sich um in Erwartung, Lawrence zu sehen, aber stattdessen stand dort ein dunkelhaariges Dienstmädchen mit einem Essenstablett. »Entschuldigen Sie, Miss, aber der Herr hat uns aufgetragen, Ihnen etwas zu Essen heraufzubringen.« Die junge Frau lächelte voller Wärme, und Zehra wischte sich Tränen von den Wangen. Sie brauchte einen Augenblick, um sich zu sammeln, und versuchte dann, als sie die Dienerin wieder anblickte, fröhlich zu lächeln.

Das Mädchen setzte das Tablett auf dem kleinen Tisch neben dem Kamin ab und hob eine warme Decke an. Sie bedeutete Zehra, sich in einen der Stühle beim Feuer zu setzen.

»Sie sehen aus wie halb tot, Miss. Warum nehmen Sie nicht hier Platz? Dieser Stuhl ist sehr bequem, und ein wenig Entspannung wird Ihnen gut tun.«

Sie musste zugeben, dass der hohe Ohrensessel wirklich sehr gemütlich aussah. Nachdem sie sich gesetzt hatte, legte das Mädchen ihr die Decke über die Knie.

»Gegen die Kälte, Miss«, erklärte sie. »Es kann nachts etwas zugig werden.«

»Danke«, sagte Zehra, tief berührt von der Art und Weise der Dienerin. Ihre Mutter hatte nur selten über England gesprochen, aber sie hatte gesagt, dass Bedienstete in England ganz anders waren als die, mit denen Zehra aufgewachsen war. In ihrer Kindheit war sie von allen um sie herum bewundert und respektiert worden, und niemand hätte es auch nur gewagt, sie anzusprechen. Doch diese Frau hier war so freundlich zu ihr. Zehra gefiel das. Sie fühlte sich plötzlich weniger allein, und in diesem Moment war das wichtiger als alles andere.

»Es gibt Lauchsuppe, etwas Aufschnitt und Obst. Wenn Sie noch etwas brauchen, ziehen Sie einfach an der Klingelschnur neben dem Bett, dann kommt jemand hoch und kümmert sich um alles, was Sie brauchen.« Das Zimmermädchen lächelte noch einmal und überließ Zehra mit dem Essen sich selbst.

Sie betrachtete die Metallkuppel über dem Teller und nahm sie dann herunter. Die köstlichen Düfte, die ihre Nase reizten, waren eine große Erleichterung. Ihr war schon wieder zum Weinen zumute. Sie griff direkt nach dem Fleisch, um ihren Hunger zu stillen.

Ein paar Minuten später hatte sie den Teller geleert und nahm den letzten Rest Suppe mit einer Scheibe Brot auf. Zum ersten Mal seit einer Woche fühlte sie sich satt. Sie lehnte sich im Sessel zurück, gewärmt vom Feuer und den Decken, und ein Gefühl des Friedens überkam sie ...

Sie war sich nicht sicher, wie lange sie geschlafen hatte, bevor sie durch das Gefühl, bewegt zu werden, wachgerüttelt wurde. Sie kämpfte dagegen an, als Panik ihre Vernunft überwältigte und die Erinnerungen an die Fesselung und Gefangenschaft auf dem Sklavenschiff wieder hochkamen.

»Ruhig, Liebes, ich bin es nur. Dein Zimmer ist schon vorbereitet. Ich wollte dich nur dorthin bringen.« Die männliche Stimme kam ihr bekannt vor, und in ihrem schläfrigen Dunst erkannte sie, dass es Lawrence war, der sie trug. »Sie werden dann allein sein, das verspreche ich.«

»Mylord, bitte, ich kann nicht allein schlafen. Nicht heute Nacht.« Sie krallte ihre Finger in den feinen Stoff seines Hemdes. Sie wusste nicht, warum sie ihn plötzlich angefleht hatte, bei ihr zu bleiben, aber aus irgendeinem Grund hatte sie, während er sie trug, das Gefühl, dass er ihr nichts antun würde.

Seine feinen Gesichtszüge waren gerötet von den Flammen, und sie bemerkte, dass der Raum um sie herum dunkel war. Die Lampen waren gelöscht worden, und nur das Feuer brannte noch.

»Du bist in meinem Bett willkommen. Ich kann eine Pritsche heraufbringen lassen, wenn du möchtest, dass eine Dienerin in der Nacht an deiner Seite ist. Oder ich selbst, wenn dir das lieber ist.« Mondlicht, das durch das nahe Fenster hereinbrach, spiegelte sich ins einen Augen, und ihre helle Intensität ließ ihr den Atem stocken. In ihrer Heimat hatten die Männer, denen sie begegnet war, dunkle Augen in hundert verschiedenen Farbtönen gehabt, doch diese helle Farbe, wie Weizen gemischt mit Smaragd, war anders als alles, was sie je gesehen hatte. Ihre eigenen hellblauen Augen waren selten, das wusste sie, aber sie fand die endlosen, sich überschlagenden Facetten von Grün und Braun in Lawrences Augen weitaus bezaubernder.

Lawrence drückte sie an seine Brust, als er zu seinem Bett ging und sie dort ablegte. Trotz seines freundlichen Angebots, mit dem er ihr zu versichern versuchte, dass er nichts von ihr wollte, verrieten seine schnellen und unregelmäßigen Atemzüge ihn. Es schien, dass er darum kämpfte, der Gentleman zu bleiben, der er zu sein vorgab. Es sagte jedoch viel über seinen Charakter aus, dass er diese Dämonen so gut bekämpfen konnte, und sie wollte ihn nicht beleidigen.

»Ich wäre Ihnen dankbar, wenn Sie über Nacht in diesem Zimmer bleiben würden.«

Lawrence nickte. »Es gibt genügend Decken, aber wenn dir kalt wird, habe ich noch mehr. Ich bleibe einfach hier im Sessel. Lass mich sofort wissen, wenn du etwas brauchst.« Er wandte sich ab, und Zehra hatte einen Moment Zeit, seine schöne Gestalt zu betrachten, die sich im Schein des Feuers abzeichnete. Dann legte sie sich für einen kurzen Moment zurück ins Bett, bevor sie merkte, dass ihr Kleid zu eng war und ihr Atem flach. Das Kleid, das sie auf dem Sklavenschiff getragen hatte, war bequemer gewesen als dieses, wahrscheinlich, weil die Sklavenhändler leichten Zugang zu den Frauen haben wollten, die sie mitnahmen, und sich nicht mit Korsetts herumärgern wollten. Sie setzte sich wieder auf und versuchte, hinter sich zu greifen, um das Kleid aufzuknöpfen, aber es gelang ihr nicht. Mit einem Schaudern blickte sie zu Lawrence, der immer noch zum Feuer blickte.

»Mylord, ich habe keine Möglichkeit, dieses Kleid aufzuknöpfen. Die Damen im Weißen Haus haben mich ziemlich hilflos gemacht.« Sie erhob sich vom Bett und ging auf Lawrence zu. Er schluckte schwer, und sie hätte schwören können, dass sie ihn einen Fluch murmeln hörte, bevor er seufzte.

»Ja, natürlich, wie gedankenlos von mir. Du darfst nicht in diesem Kleid schlafen. Soll ich ein Dienstmädchen zu Hilfe rufen?«

Zehra dachte an die späte Stunde und zuckte zusammen. Sie wollte kein Dienstmädchen aus ihrem Bett zerren. »Nein, wir sollten sie schlafen lassen. Ich vertraue Ihnen, Mylord.«

»Mir vertrauen?« Er gluckste reumütig. »Nun gut, dann.«

Er drehte einen Finger und bedeutete ihr, sich mit dem Rücken zu ihm zu drehen. Sie tat es und hielt den Atem an, als seine Finger begannen, an den Bändern zu ziehen. Sie entspannte sich, als sich das Kleid an ihren angewinkelten Armen lockerte und dann zu Boden fiel. Als er scharf die Luft einzog, errötete sie, dann musste sie lächeln. Es gab einen Teil von ihr, der kühn und sinnlich war und in vielerlei Hinsicht keine Angst vor solchen Dingen hatte. Sie war zwar noch Jungfrau, aber sie war nicht ungebildet, was den Umgang mit Männern und Frauen betraf.

»Bei Gott, sag mir nicht, dass du auch beim Öffnen des Korsetts Hilfe brauchst.« Lawrence' Stimme war tief und rau. Sie spürte, dass sie ihn zu weit getrieben hatte.

»Nein, ich komme schon zurecht. Danke, Mylord.« Sie stieg aus ihrem Kleid heraus, dessen Stoff eine Pfütze um ihre Füße herum bildete, und zog dann auch den Rest ihrer Sachen aus, wobei sie einen Haufen aus Korsett, Pantoffeln und Strümpfen auf dem Boden zurückließ. Nur mit ihrem Unterhemd bekleidet, kletterte sie zurück in Lawrence' Bett und legte sich für die Nacht schlafen. Sie war so erschöpft, dass sie nur noch hörte, wie er ein paar Minuten lang mit dem Stuhl und einem kleinen Kissen rang, bevor sie sich dem Schlaf hingab.

❧

AVERY RUSSELL TRAT IN DAS CHAOS DES WEIßEN Hauses und beobachtete die Bow Street Runners und den örtlichen Magistrat, einen Mann namens John Dearborn, während sie die Aussagen mehrerer Bordellbesucher aufnahmen. Drei Männer saßen, in Eisen gelegt, an einem Kartentisch im Hauptspielsaal.

»Russell.« Einer der Runner, ein Mann namens Sam Cady, nickte und wandte sich an Avery, als dieser zu ihm kam. »Wir haben die Auktion gestoppt. Leider hat die Madam ihre Geschäftsbücher ins Feuer geworfen und die Namen der Männer, die für die Teilnahme bezahlt haben, vernichtet. Alle Damen wurden in einem Nebenraum untergebracht, aber ...«

»Aber was?«

Cady zuckte mit seinen breiten Schultern und nickte in Richtung der zurückhaltenden Gruppe von Männern. »Einer der Herren hier schwört, dass ein anderer Mann eine Sklavin gekauft hat, die erste, die verkauft wurde. Er und das Mädchen sind nicht hier.«

»Jemand ist entkommen?« Averys Hände ballten sich zu Fäusten, als er sich eine arme Frau vorstellte, die an einen Ort verschleppt wurde, an dem sie niemand finden würde, an dem sie missbraucht und geschändet werden würde und den sie wahrscheinlich nie mehr verlassen würde.

»Hat dieser gesprächige Kerl uns einen Namen genannt?«

Cady schüttelte den Kopf.

»Welcher Mann war es?«, verlangte Avery. Er ging auf die Gefangenen zu. Cady schlich hinter ihm her.

»Der Kerl links, der junge.«

Avery packte den Mann, der ungefähr so alt zu sein schien wie er, und knurrte ihm ins Gesicht.

»Wer hat die erste Frau entführt? Nenn mir einen Namen!«

Der junge Mann keuchte, als sein Stuhl zurückgeschoben wurde, bis er nur noch auf zwei Beinen balancierte. »I-ich weiß es nicht, aber ich habe ihn genau gesehen! Ich schwöre es!« Mit den auf dem Rücken gefesselten Händen würde er einen bösen Sturz erleiden, wenn der Stuhl umkippte, und das war genau das, was Avery ihn fürchten lassen wollte. Die Androhung von Gewalt konnte wirksamer sein als die tatsächliche Anwendung von Gewalt. Die Phantasie eines Mannes war sein eigener schlimmster Feind.

»Wie hat er ausgesehen?«, knurrte Avery.

»Er sah aus wie du!« Der Mann kreischte, während sein Stuhl auf den Hinterbeinen wippte.

Avery erstarrte. »Was?«

»Er sah aus wie du«, wiederholte der Mann. »Nicht genau, wohlgemerkt. Sein Haar war ein dunkleres Rot, aber das Gesicht ... sehr ähnlich.« Der Mann starrte ihn an, aber Avery beachtete ihn nicht mehr. Er ließ den Stuhl auf alle vier Beine zurückkippen.

Lawrence. Was zum Teufel hatte sein älterer Bruder getan? Er war geschickt worden, um Informationen über die Auktion zu sammeln, nicht um daran teilzunehmen!

»Was ist los?«, fragte Cady und ballte seine Hände zu Fäusten. »Weißt du, von wem er redet?« Cady war ein guter Mann, aber sein brutaler Körperbau und seine Größe machten ihn zu einem verdammt furchterregenden Anblick, wenn er wütend war.

Avery schüttelte den Kopf. Wenn sein Bruder eine Sklavin gekauft hatte, musste es dafür einen verdammt guten Grund geben. Hatte Lawrence geglaubt, er könne den Helden spielen und sich einbilden, die arme Frau gerettet zu haben?

Das Problem war, dass ein Richter das nicht so sehen würde. Eine Frau auf diese Weise zu kaufen, reichte aus, um jeden Mann zu verurteilen. Zum Glück hatte Avery jahrelang als Spion für König und Land gearbeitet. Er war es gewohnt, seine Reaktionen zu kontrollieren und Auswege aus unmöglichen Situationen zu finden. Er wandte sich an Cady.

»Überlass das mir. Ich werde herausfinden, wer der Mann ist, und wenn ich das getan habe, wird es Gerechtigkeit geben«, schwor er. Cady nickte, ging zu den anderen Runnern zurück und ließ Avery allein. Avery machte sich auf den Weg zum Büro der Madam, da er sehen wollte, was von den Büchern noch übrig war. Er sah einen kleinen Kamin an der Rückwand gegenüber dem Schreibtisch. Drei dicke Bücher mit Marmoreinbänden lagen noch schwelend auf dem Kamin. Der Boden unter dem Rost, auf den die Bücher geworfen worden waren, war mit Asche übersät.

Avery kniete sich hin und blätterte vorsichtig die Seiten zurück. Das meiste war unleserlich, und einige Seiten zerbröselten sogar, als er sie umblätterte, aber er konnte ein paar Namen und Zahlen erkennen.

»Nein ...«, flüsterte er fluchend, als er die letzten Seiten aufschlug, um die Namen deutlicher zu sehen.

»Lawrence Russell - Ein Posten - 7.000 Pfund.«

Lawrence, was hast du getan? Du verdammter Narr.

Er holte ein Streichholz aus seiner Innentasche, zündete das Feuer erneut an, riss die letzte Seite heraus und warf sie in die Flammen. Es durfte keinen Beweis geben, keine Spur von den Taten seines Bruders.

Ich werde es in Ordnung bringen. Ich werde die Frau finden und den Namen meiner Familie schützen. Niemand muss jemals davon erfahren.

Er drehte sich um und verließ das Büro der Madame. Der Magistrat war jetzt für den Tatort zuständig, und Avery konnte leicht in der Dunkelheit verschwinden. Er hatte Berichte zu schreiben. Sein Vorgesetzter, Sir Hugo Waverly, musste über den Erfolg der Zerschlagung des Sklavenrings informiert werden. Da sich mehrere einflussreiche arabische und persische Botschafter zu geheimen Friedensgesprächen in London aufhielten, um den Krieg zwischen dem Osmanischen Reich und dem Qajar-Reich zu beenden, war es von entscheidender Bedeutung, dass dieses Ereignis nicht entdeckt wurde.

Avery schlich sich aus dem Weißen Haus und rief nach seinem Pferd. Er musste nach Hause und sich ausruhen, aber am nächsten Morgen würde er Lawrence einen Besuch abstatten und Antworten verlangen. Außerdem würde er die arme Frau sofort mit den anderen Frauen zum Hafen bringen und sie nach Hause verschiffen müssen.

Er hoffte nur, dass er Lawrence vor dem Gesetz bewahren konnte, wenn sein Bruder etwas so Dummes getan hatte, dass er wirklich eine Sklavin gekauft hatte. Wenn das der Fall war, würde er seinen Bruder kaum retten können.

ZEHRA KONNTE DAS BLUT NICHT VON IHREN HÄNDEN abwaschen. Die Palasthallen waren von Schreien erfüllt, und der Nachthimmel war von Feuer erleuchtet. Rauch kroch durch die Gänge, auf der Suche nach Opfern. Leichen lagen in den Schlafzimmern und Vorzimmern herum.

Zehra starrte geschockt auf die beiden Leichen, die dem Bett am nächsten lagen. Ihre Mutter lag regungslos da, ihr goldenes Haar über die Seidenlaken gebreitet, die Kehle aufgeschlitzt. Unter ihrem Nacken sammelte sich Blut, und ihre blicklosen blauen Augen blickten durch Zehra hindurch ins Vergessen.

Ein großer dunkelhaariger Mann lag zu ihren Füßen, sein Körper regungslos, ein Krummsäbel in einer Hand. Er hatte vier Männer getötet, bevor er niedergestreckt worden war.

Papa ... das Wort kam ihr nicht über die Lippen, aber in ihrem Kopf folgte ein durchdringender Schrei der Qualen.

Später konnte sie sich wieder bewegen, und dann lief sie den Korridor hinunter und hustete, während das Haus, das sie so geliebt hatte, um sie herum brannte.

»Die Prinzessin!«, rief jemand auf Farsi. Der Schrecken erfasste ihr Herz, aber sie blieb nicht stehen. Sie musste fliehen.

Als sie ein großes offenes Fenster erreichte, das zu den Gärten führte, stellte sich ihr eine dunkle Gestalt in den Weg. Sie rannte in ihn hinein, und er umklammerte ihren Körper mit einem Arm und presste ihr eine Hand auf den Mund.

»Ich bin es, Al-Zahrani, meine Prinzessin. Ich bin gekommen, um dich zu retten. Komm mit mir, schnell.«

Sie folgte ihm durch das Fenster in die Nacht.

ZEHRA SCHRIE AUF, ALS SIE SICH RUCKARTIG aufrichtete. Die Nacht hielt noch immer an der Welt draußen fest. Hatte sie nur eine Stunde geschlafen, bevor der Albtraum sie geweckt hatte?

Lawrence sprang von seinem Stuhl am Kamin auf, schnappte sich einen Schürhaken und schwang ihn wie einen Säbel. »Was ist los? Was ist denn los?« Er schien auf einen Kampf vorbereitet zu sein, die Beine in gebückter Haltung gespreizt.

Zehras Blut rauschte in ihren Ohren, während sie sich zu beruhigen versuchte. Nein, sie war nicht in Persien. Sie war in Sicherheit. Oder etwa nicht?

»Ich ...« Sie schluckte heftig, ihre Kehle war rau von dem Schrei. »Ich hatte einen bösen Traum.«

Lawrence entspannte sich und ging zum Waschtisch neben dem Bett hinüber. Er schenkte ihr ein Glas Wasser aus einem Krug ein, der neben dem Porzellanbecken stand.

Sie nahm das Glas an und trank so lange, bis es leer war. Ihr Körper war schweißnass, und sie hob ihre Hände, um sie auf Blut zu untersuchen. Sie wusste, dass keines da war, aber sie spürte es trotzdem.

»Wonach suchst du?« Lawrence füllte ihr Glas erneut.

»Es ist nichts. Es tut mir so leid, dass ich Sie geweckt habe«, flüsterte sie.

Lawrence lehnte sich über das Bett. Sie war überrascht, dass sie nicht instinktiv vor ihm zurückschreckte.

»Kleines, dir ist etwas Schreckliches passiert. Ich sehe es in deinen Augen - ein geisterhafter Schimmer des Schmerzes ist in ihnen zu sehen. Aber wenn du nicht mit mir reden willst, kann ich dir nicht helfen.« Er umfasste ihr Gesicht mit einer Handfläche, und seine warme Hand fühlte sich so gut auf ihrer Haut an. Die Art, wie er sie berührte, wie er mit ihr sprach, hatte etwas, als sei er ihr zu nahe und doch nicht nahe genug. Sie fühlte sich plötzlich kalt unter dem dünnen Stoff des Unterhemdes und sehnte sich danach, dass er seine Arme um sie schlang und sie wärmte. Es war Wahnsinn, sich so nach einem Fremden zu sehnen, doch sie tat es.

»Vielleicht kann ich es Ihnen eines Tages sagen«, sagte sie. »Aber nicht heute.«

Seine Lippen verzogen sich, aber er nickte. »Ich verstehe. Sag mir, was ich tun kann. Es muss doch etwas geben.«

Zehra wandte den Blick von ihm ab und betrachtete die Stuckarbeiten an der Decke. Goldenes Licht fiel über Malereien, die Szenen darstellten, die sie aus der klassischen Mythologie kannte. Sie war eher an geometrische Muster als an die Darstellung von Menschen gewöhnt und war von dem Anblick der Kunst, die sie jetzt über sich sah, gefesselt. Eine solche Schönheit im Haus eines solchen Junggesellen. Es war unerwartet.

»Zehra?« Er sprach ihren Namen mit Zärtlichkeit aus, und sie begegnete endlich seinem Blick.

»Würden Sie ... mich für einen Moment in die Arme nehmen?« Sie wusste, dass es unpassend war, ob in England oder in Persien, aber gehalten zu werden war in diesem Moment das, was sie am meisten brauchte. Wann immer er sie berührte, schienen der Schmerz und die Angst der Vergangenheit zu einer fernen, verschwommenen Erinnerung zu verblassen. Sie wusste, dass es nur eine vorübergehende Lösung war, aber sie ergriff jede noch so kleine Chance, um ihre Erinnerungen zu lindern und zu vergessen.

Lawrence' Augenbrauen hoben sich. »Dich festhalten? Bist du dir ganz sicher?«

»Ziemlich sicher«, wiederholte sie.

»Äh ... richtig.« Er zog seine Stiefel aus, ließ sich neben ihr auf das Bett sinken und öffnete seine Arme. Zehra wurde von einer Flut von Gefühlen überschwemmt, als sie in seine Umarmung rutschte. Sie verlangte so viel von diesem Mann, einem völlig Fremden, und sie konnte ihm nichts zurückgeben. Ihre Augen füllten sich mit Tränen, und sie vergrub ihr Gesicht an seiner Brust. Sein Duft umhüllte sie, und sie entspannte sich fast sofort.

»Besser?«, flüsterte er. Sein warmer Atem streichelte ihr Haar.

»Ja.« Zehra schwieg einen langen Moment. »Ich bin

keine schwache Frau.« Sie war sich nicht sicher, warum sie wollte, dass er das hörte, aber sie wollte es.

»Ich weiß, mein Schatz. Ich glaube, du bist die stärkste Frau, die ich je getroffen habe.«

Die Anspannung in ihrem Körper ließ ein wenig nach, und sie atmete langsam aus. Konnte sie etwas davon mit ihm teilen? Vielleicht ein wenig ...

»Meine Eltern wurden getötet. Ich habe sie gefunden, ihre Leichen, bevor ich aus meinem Haus geflohen bin. Es war ...« Es gab keine Worte, keine, die stark genug waren, um ihre Trauer und ihren Schmerz auszudrücken.

Seine Arme spannten sich um sie. »Mein Gott. Was ist passiert? Warum wurden sie getötet?«

Zehra krallte ihre Finger in sein Hemd und versuchte verzweifelt, sich an ihm festzuhalten.

»Mein Vater stellte sich einem machthungrigen Mann in den Weg, jemandem, dem er vertraute. Dieser Mann verriet uns, um einem anderen Schah zu helfen, unser Land zu erobern. Deshalb kann ich nicht zurückgehen.« Das war alles, was sie sagen konnte. Wenn sie Al-Zahranis Namen aussprechen würde, die Drohung in den Gärten wahr machte, konnte sie das nie wieder ungesagt machen. Es war besser, wenn Lawrence nie von der Gefahr erfuhr. Er könnte Al-Zahrani ausfindig machen, und das würde ihn umbringen, denn Lawrence war ein Mann der Ehre und Al-Zahrani nicht.

Lawrence streichelte ihr Haar mit einer beruhigenden Liebkosung. »Du bist bei mir sicher. Das schwöre ich dir.« Lawrence' Lippen berührten ihre Stirn in einem keuschen Kuss, der Teile ihres gebrochenen Herzens wieder zusammenzufügen schien. »Schlafe. Ich werde dich so lange halten, wie du willst.«

»Du bist ein wunderbarer Mann«, murmelte sie und ließ sich tiefer in seine Arme sinken, als sie sich beide auf das Bett zurücklegten.

Er kicherte, und das Geräusch ließ sie sich warm und entspannt fühlen.

»Wenn du jemals meine Mutter triffst, musst du ihr das sagen. Aber ich bezweifle, dass sie dir glauben würde.«

Sie lächelte ein wenig. »Ihre Mutter kennenlernen? Himmel, ich bete, dass das nie passiert.«

»Warum nicht?«, fragte er, halb scherzhaft, halb ernst.

Zehra kraulte seine Brust. »Weil sie zweifellos wissen will, wie wir uns kennengelernt haben, und Sie werden ihr sagen müssen: *Mutter, sie ist meine Sklavin, ich habe sie im schrecklichsten Bordell für siebentausend Pfund gekauft.* Ich fürchte, sie würde bei einer solchen Nachricht auf der Stelle tot umfallen.« Sie kicherte ein wenig über sich selbst.

»Ja, nun, ich vermute, wenn sie herausfindet, dass ich siebentáusend Pfund für irgendetwas ausgegeben habe, könnte das passieren.«

»Und nicht der Teil mit dem Sklavenbesitz?«,

stichelte sie.

Lawrence knurrte ein wenig. »Du bist nicht meine Sklavin, Zehra. Es steht dir frei zu kommen und zu gehen, wie du willst. Ich möchte nur, dass du sicher bist. Ich kann dich in deinem eigenen Haus unterbringen, dich mit Kleidung und Essen versorgen, was immer du willst, bis wir wissen, wie es weitergeht.« Er räusperte sich. »Ich verlange keine Gegenleistung.«

Sie fand eine Öffnung in seinem Hemd und strich mit den Fingerspitzen über seine nackte Brust, genoss, wie warm seine Haut war. Sie wusste, dass sie ihn in Versuchung führte, aber sie konnte sich nicht zurückhalten. Er war stark, warm und absolut männlich. Er gab ihr das Gefühl von Weiblichkeit und Sicherheit, wie sie es seit vielen Wochen nicht mehr erlebt hatte.

»Du bringst mich um«, flüsterte er.

»Tu ich das?«, fragte sie und lächelte.

»Wenn du mich irgendwo anders anfasst, kann ich nicht verhindern, dass ich dich auch berühre«, warnte er, aber in seiner Drohung lag eine Zärtlichkeit, die in ihr ein neues Verlangen weckte, das sie noch nie für einen Mann empfunden hatte. »Denk an meine arme Ehre.«

Sie fuhr fort, mit ihren Fingern über seine Brust zu streichen, und vergrub ihr Gesicht in seiner Schulter. Das Gefühl seiner Arme um sie herum, und an seine Seite geschmiegt zu sein, war hypnotisierend. Es lullte sie sehr, sehr langsam in den Schlaf.

»Fühlst du dich besser?«, fragte er.

Sie nickte.

»Gut. Denk nur daran, dass dort, wo das Sonnenlicht blüht, keine Albträume wachsen können.«

»Was?«, fragte sie und wurde ein wenig wach. Es klang wie etwas, das ihr Vater gesagt haben könnte.

»Das war etwas, was mein Vater als Junge immer zu mir gesagt hat.« Lawrence gluckste. »Er hat mir beigebracht, mir alles, was mich ängstigte, als dunkle Schatten vorzustellen und mir dann vorzustellen, dass ich einen Sonnenstrahl in den Händen halte, den ich über die Schatten leuchten lassen kann, um sie mit dem Licht wegzubrennen.«

Zehra nahm sich einen Moment Zeit, um sich ihre vergangenen Schrecken vorzustellen, die bereits in Schatten gehüllt waren, und warf dann in ihrem Geist Sonnenlicht auf sie. Sie war sich nicht sicher, ob es funktionierte, aber sie fühlte sich nicht mehr ganz so hilflos wie zuvor. Die Dunkelheit hatte diesen Visionen Kraft verliehen, und sich das Licht vorzustellen, hatte ihr Stärke verliehen. Sie hoffte nur, dass es genug war.

»Du bist ein wunderbarer Mann.«

Ihr Retter strich ihr mit den Fingerknöcheln über die Wange und atmete langsam und tief aus, aber er sprach nicht. Sie lächelte ein wenig, konnte aber die Lethargie nicht ignorieren, die ihr in die Glieder kroch, als sie in einen glückseligen, traumlosen Schlaf fiel, von dem sie hoffte, dass ihm keine Albträume folgen würden.

KAPITEL 4

Lawrence erwachte, als die Standuhr im Flur vor seinem Schlafzimmer anschlug.

Halb acht. Es war noch früh, und sie waren erst in den frühen Morgenstunden zu Bett gegangen.

Er bewegte sich und spürte das willkommene Gewicht von Zehra in seinen Armen. Ihr Kopf lag auf seiner Brust, und ihre Beine waren ineinander verheddert. Ihr Unterhemd war hochgerutscht, und er hatte eine Hand auf ihrem linken Oberschenkel. Sie hatte eine Hand in seinem Haar vergraben, als wäre sie eingeschlafen, während sie mit den Fingern durch die Strähnen gestrichen hatte. Ein Lächeln umspielte seine Lippen. Sie mochte sein Haar - genau wie er ihres mochte.

Er fragte sich, ob sie sich wirklich wohl bei ihm fühlte oder ob sie das unbewusst im Schlaf tat. Auf jeden Fall gefiel es ihm, dass sie ihn berührte. Er wollte, dass sie sich bei ihm sicher fühlte, dass sie in seiner Nähe sein und ihn sogar ohne Angst berühren konnte.

Ich möchte ein Mann sein, dem sie vertrauen kann.

Vorsichtig löste er seine Hand von ihrem Oberschenkel und strich mit seiner Handfläche über die dunklen Locken, die über ihren Rücken fielen. Sie rührte sich nicht, während er weiter mit den schimmernden Haarsträhnen spielte.

Die Erinnerungen an die letzte Nacht kehrten langsam zurück, und er unterdrückte ein Schaudern. Sie hatte gesehen, wie ihre Eltern ermordet wurden ... und dann hatte jemand sie in die Sklaverei verkauft. Sie hatte die Hölle selbst durchlebt und war immer noch am Leben, immer noch geistig gesund.

Mein Gott ... Was sollte er nun tun? Sie konnte nicht nach Hause zurückkehren, es war zu gefährlich. Aber was konnte sie hier tun? Zehra war das atemberaubendste Geschöpf, das er je gesehen hatte, und würde für jeden Mann eine gute Mätresse sein, aber sie verdiente mehr, als nur von irgendeinem Mann gehalten zu werden, vor allem angesichts ihrer Vergangenheit. Sie war niemandes Haustier. Und sie sollte niemals gezwungen werden, etwas zu tun, was sie nicht tun wollte.

Er studierte ihre zarten Gesichtszüge, die kleine, nach oben gebogene Nase, die hohen Wangenknochen und das zierliche Kinn. Trotz ihrer feinen persischen Gesichtszüge hatte sie etwas verblüffend Vertrautes, fast

Englisches an sich, aber er konnte nicht sagen, was das war. Irgendetwas war da, aber er konnte sich immer noch nicht erklären, warum ihr Anblick eine Erregung in ihm auslöste.

Er strich ihr das Haar aus dem Nacken und erhaschte einen Blick auf etwas, das er gestern Abend noch nicht gesehen hatte. Eine goldene Kette hing um ihren Hals. Er verfolgte die Kette bis hinunter zu einem daumengroßen Medaillon, das auf der Schwellung ihrer Brüste ruhte. Er hob es hoch und untersuchte es genauer. Die Schnörkel auf dem Wappen waren ihm vertraut und riefen seine Erinnerung wach.

Er begann, das Medaillon zu öffnen, erstarrte dann aber. Schuldgefühle durchdrangen ihn auf schleichenden Pfoten. Zweifellos war es mit den Porträts ihrer Eltern das Einzige, was ihr von ihnen geblieben war. Es wäre falsch, uneingeladen in eine solche Erinnerung einzudringen. Er legte den Anhänger zurück und nahm seine Hand weg. Es war seltsam. Er hatte sich noch nie solche Sorgen um eine Frau gemacht. Die Verführung war ein Spiel gewesen, und die Frau der Preis.

Doch nichts an Zehra war einfach, und sie war kein Preis, den man gewinnen konnte. Er war unvorstellbar versucht, sie zu verführen, aber er weigerte sich, so ein gefühlloser Bastard zu sein. Die Vorstellung, auch nur einen Moment lang an ihrer Stelle zu sein, unterdrückte solche Triebe, wenn auch nicht die Leidenschaften, die sie entfacht hatten.

Ich muss ein Mann sein, dem sie vertrauen kann.

Lawrence wartete einige lange Augenblicke, genoss ihren ruhigen Atem und das einfache Gefühl ihres Körpers an seinem. Sie hatte den Rest der Nacht ohne Angst oder Träume geschlafen, soweit er das beurteilen konnte, und er hatte kein Verlangen, sie zu stören.

Die Tür zu seinem Schlafgemach öffnete sich, und sein Kammerdiener George spähte herein. Lawrence nickte dem Mann kurz zu, sodass dieser hereinschlich, um so leise wie möglich seinen Aufgaben nachzugehen. Erst dann schlüpfte Lawrence mit Bedauern aus dem Bett. Er breitete die Decken wieder über Zehra und hielt inne, um ihre Schönheit zu bewundern.

»Sie schläft wie ein Lamm.« George lachte, als er und Lawrence in den Ankleideraum traten, wo George ein Bad für ihn vorbereitete.

»In der Tat. Sie braucht es, das arme Ding.« Lawrence entledigte sich seiner Kleidung.

Sein Diener räusperte sich. »Ist es ... äh ... wahr, was Mr. MacTavish über sie gesagt hat, Sir? Dass sie aus dem Weißen Haus kam? Sie sieht nicht aus wie eine ...« George errötete bis zu seinen Haarwurzeln.

»Das liegt daran, dass sie es *nicht* ist.« Lawrence wollte nicht, dass Zehra wie etwas anderes behandelt wurde als die Prinzessin, die sie zu sein schien. »Behandle sie wie eine Königin. Sieh zu, dass sie alles bekommt, was sie braucht.«

»Selbstverständlich.« George verneigte sich. »Ich lege

Ihre Sachen raus und komme wieder, sobald Sie zum Ankleiden bereit sind. Benötigen Sie noch etwas?«

»Danke. Ich komme zurecht.« Lawrence summte leise, als er sich in die kupferne Badewanne sinken ließ und seufzte, als das heiße Wasser seine steifen Muskeln entspannte.

Der vergangene Abend war eine angespannte Angelegenheit gewesen, und bis zu diesem Moment hatte er sich nicht wirklich entspannen können. Sogar sein Schlaf war von den Erinnerungen an die Auktion und den Überfall geprägt gewesen, und seine aktuellen Sorgen waren noch lange nicht vorbei. Es war nur eine Frage der Zeit, bis sein jüngerer Bruder Avery durch die Vordertür stürmen und ihn des Verbrechens beschuldigen würde, das er eigentlich verhindern sollte.

Dieser Gedanke ruinierte sein perfektes Bad. Er schrubbte sich hastig den Körper und wusch sich die Haare, bevor er ausstieg und sich rasierte, wobei er sich die ganze Zeit über ärgerte. Als er fertig war, sammelte er die Kleider ein, die George ihm herausgelegt hatte. Er hatte sich gerade die Hosen hochgezogen, als Zehra in der Tür erschien, in ihrem Unterhemd und mit einer Decke um die Schultern.

Ihr Blick wanderte an seinem Körper hinunter und dann wieder hinauf, bevor sich ihr Gesicht mit einer bezaubernden Röte verdunkelte. Er konnte sich ein Grinsen nicht verkneifen. Er hatte sich nie für seinen Körper geschämt, und er war sich bewusst, dass Frauen ihn attraktiv fanden. Darin und in anderen Dingen ähnelte er seinem älteren Bruder Lucien. Sie hatten beide Jahre damit verbracht, mit so vielen Frauen zu schlafen, dass Don Juan erröten würde, und er war mehr als einmal nur knapp dem Gang zum Altar entgangen.

»Alles in Ordnung?«, fragte er, wobei er einen Sicherheitsabstand zu ihr einhielt. Das Letzte, was er wollte, war, sie nach allem, was sie durchgemacht hatte, zu erschrecken.

»Ja. Ich bin aufgewacht und habe festgestellt, dass Sie weg sind, und ...« Sie war immer noch rot im Gesicht, während sie die Decke fest um sich schloss. Ihr dunkles Haar war offen und fiel ihr in Wellen um die Schultern. Er konnte das Gefühl nicht vergessen, wie seine Finger durch diese dicken, glänzenden Strähnen geglitten waren. Er wollte so gerne seine Hand in ihr Haar graben und ihren Kopf für einem Kuss in den Nacken ziehen. Sein Körper spannte sich an, und er zwang sich, seine Erregung zu ignorieren, was verdammt schwierig war.

»Ich würde dich nie allein lassen. Mein gesamtes Personal ist hier, wenn du auch nur einen Moment das Gefühl haben solltest, das die Panik dich anspringt oder ...«

»Ich habe keine Angst«, warf sie ein. Ihre Augen blitzten mit trotzigem Feuer. »Nach allem, was ich gesehen habe ... Habe ich keine Angst mehr.«

Er korrigierte sie nicht, indem er sagte, dass auch eine mutige Seele Angst haben kann. Wie sein Vater einmal gesagt hatte, ist Tapferkeit nicht die Abwesenheit von Angst, sondern der Mut, sich ihr zu stellen. Sie schien bereit zu sein, sich der Hölle selbst zu stellen, denn sie hatte sie bereits durchlebt.

»Wenn du möchtest, können wir in einer Stunde unten im Speisesaal frühstücken. Meine Diener werden ein frisches Bad für dich einlassen.«

»Hier?«, fragte sie und schaute sich in seiner Garderobe um.

»Äh ... ja, oder in dem Zimmer auf der anderen Seite des Flurs, wenn dir das lieber ist. Ich weiß nicht, was deine Gewohnheiten erfordern, aber ich werde mein Bestes tun, um dir entgegenzukommen.«

Ihre geheimnisvollen Augen richteten sich wieder auf ihn, und sie nickte. »Ich werde hier baden.«

Das hätte ihn nicht erfreuen dürfen, aber es tat es eben doch. Normalerweise mochte er den Gedanken nicht, seinen Raum mit jemandem zu teilen, schon gar nicht mit einer Frau. Zuvor hatte er seine Geliebten in schicken Häusern am anderen Ende der Stadt untergebracht, um die langfristige Intimität zu vermeiden, die mit gemeinsamen Räumen einhergeht. Doch bei Zehra wollte er sie in seiner Nähe haben, in Reichweite. Selbst die andere Seite des Flurs schien zu weit entfernt. Er redete sich ein, dass er nur um ihre Sicherheit besorgt war, doch ein Teil von ihm hielt ihn für einen Lügner.

»Gib mir nur einen Moment. Ich werde mich fertig anziehen und dann den Lakaien auftragen, frisches

Wasser zu bringen.« Die Vorstellung, Zehra nackt in der Kupferwanne zu sehen, ließ ihn brennen, und er musste den Raum verlassen, um nicht erneut in Versuchung zu geraten.

Verführe sie nicht. Sei ein Gentleman. Das hat sie von dir verdient.

Sie verließ die Garderobe und gab ihm eine Minute Zeit, sich zu beruhigen. Nachdem er sich angezogen hatte, verließ er das Zimmer und fand Zehra am frisch angezündeten Feuer, ein Buch in den Händen.

»Holst du ein bisschen Lektüre nach?« Er zuckte zusammen und bedauerte seine schlechte Wortwahl. An Bord von Sklavenschiffen gab es ja auch keine Bücher. »Es tut mir leid. Ich wollte nicht ...«

Sie blickte auf, ein kleines Lächeln auf den Lippen. »Es ist alles in Ordnung. Ich verstehe, was Sie meinen. Und dies ist sicherlich ein interessantes Buch. Diese Frau strandet auf einer Insel, nachdem ihr Schiff an den Felsen zerschellt ist. Sie schwimmt ans Ufer, ist aber völlig allein, bis sie auf einem entfernten Hügel eine Gestalt erspäht ...«

»Oh ... Du hast mein Geheimnis herausgefunden.« Er erkannte das Buch. Es trug den Titel *Lady Isabelle und der Herr der dunklen Insel*. Es war einer von L. R. Gloucesters ziemlich heißen gotischen Romanen.

»Ihr Geheimnis?« Zehra verengte die Augen.

Er gluckste. »Ja, ich lese gerne Romane. Der hier ist ein bisschen ... na ja, ich will Ihnen nicht den Spaß verderben.« Er konnte es kaum erwarten, zu erfahren, was sie dachte, wenn sie zu der Szene kam, in der der geheimnisvolle Lord nach dem Abendessen in seinem Schloss mit Isabelle in der Bibliothek schlief. Würde Zehra daran Gefallen finden? Oder wäre sie empört darüber? Er hoffte, dass es Ersteres war. Sie schien nicht die Art von Frau zu sein, die dem Vergnügen abgeneigt war; sie hatte eine Offenheit und Sinnlichkeit an sich, die er nicht übersehen konnte.

»Hmm.« Sie wandte ihre Aufmerksamkeit wieder dem Buch zu, aber er hatte den deutlichen Eindruck, dass sie ihn beobachten würde, sobald er ihr den Rücken zukehrte.

Genießen Sie die Aussicht, Miss Darzi, denn ich werde sicher dasselbe tun.

Mit einem verschmitzten Grinsen verließ er seine Gemächer und rief nach einem Lakaien, um das Bad wieder zu füllen. Er fand auch eines der Dienstmädchen im Obergeschoss, ein Mädchen namens Eva, das sich vorerst um Zehra kümmern sollte, während sie nach einer richtigen Zofe suchten.

Als er den Fuß der Treppe erreichte und sein Arbeitszimmer betrat, kam er ins Schleudern und blieb stehen. Jemand saß an seinem Schreibtisch und sah einige Papiere durch. Avery sah auf, und sein Blick war voller Enttäuschung, genau wie er es erwartet hatte.

»Wie zur Hölle bist du hier reingekommen? MacTavish hätte nach mir geschickt.«

Avery schnaubte. »Wahrscheinlich nicht, Bruder. Wenn der alte MacTavish mich gehört hätte, wäre ich nicht mehr in der Lage, mein Amt auszuüben.«

Lawrence verschränkte die Arme vor der Brust und wartete darauf, dass sein kleiner Bruder, ausgerechnet ein verdammter Spion, anfing, *ihn* über Moral zu belehren.

»Und?«, fragte Avery erwartungsvoll, der immer noch an Lawrence' Schreibtisch saß. Avery hatte die Kontrolle übernommen, und das gefiel Lawrence überhaupt nicht.

»Und was?«, schnappte er zurück. Gott, manchmal benahm sich Avery genau wie ihrer beider Vater. Er war das einzige Russell-Kind aus der gesamten Brut, das nach dem Vater kam. Und eben deswegen war Avery der Liebling ihrer Mutter.

»Nun, wo ist sie? Deine *Sklavin?*«

»Welche Sklavin?«, sagte Lawrence. Er sah keinen Grund, es ihm leicht zu machen.

»Die, für die du siebentausend verdammte Pfund bezahlt hast! *Diese* Sklavin!« In Averys letzten beiden Worten schwang eine leise Empörung mit, die Lawrence schockierte. Lawrence wusste, dass ein ziemlicher Draufgänger war. Er war wohl derjenige der Brüder mit dem schlechtesten Benehmen, nachdem Lucien sich eine Frau genommen hatte. Aber Avery glaubte doch nicht ernsthaft, dass er sich tatsächlich dazu herablassen würde, eine Sklavin zu kaufen?

»Sie ist keine Sklavin«, knurrte Lawrence. »Ich habe

sie gerettet. Deine verdammten Männer kamen zu spät - die verflixte Auktion hatte bereits begonnen. Ich konnte nicht zulassen, dass irgendeiner dieser Männer sie in die Finger bekommt. Sie wäre ...« Er weigerte sich, den Satz zu beenden.

Averys Wut schien sich zu legen. »Wunderbar. Du hast sie also in das Büro in der Bow Street gebracht, nachdem du für ihre Sicherheit gesorgt hast?«

»Nein, aber warte ...«

Avery war auf den Beinen und stürzte sich bereits auf Lawrence. Er stieß seinen Bruder hart gegen die Wand.

»*Wo* ist sie?«, brüllte Avery.

Die Leichtigkeit, mit der er überwältigt worden war, erinnerte Lawrence daran, wie gefährlich ein Agent der Krone sein konnte. Er war es nicht gewohnt, diese Seite seines Bruders zu sehen, aber nach einem Moment des Schocks erholte er sich.

»Nimm deine verdammten Hände von mir, oder, bei Gott, ich werde ...«

»Du wirst was?«, forderte Avery ihn heraus, wobei jedes Wort mit einer Drohung versehen war. Wiederum war Lawrence von dieser Veränderung im Tonfall seines Bruders überrascht. Er war wie ein verdammter rachsüchtiger Gott.

»Avery, was zum Teufel ist los mit dir? Du weißt, ich würde nie eine Frau verletzen oder ...«

Avery zischte, ließ ihn aber los und trat einen Schritt zurück, damit er im Arbeitszimmer umhergehen konnte.

»Es tut mir leid, Lawrence. Es ist nur ... nach dem, was ich letzte Nacht durchgemacht habe ...« Averys Gesicht veränderte sich, Kummer zeichnete sich in seinen Zügen ab. »Wir fanden *Leichen*, die im Hafen trieben. Das war zum Teil der Grund für unsere Verzögerung. Sie müssen diejenigen gewesen sein, die vor dem Anlegen des Schiffes gestorben sind. Die Gezeiten im Hafen haben sie angespült. Ich kann meine Augen nicht schließen, ohne mir diese armen Frauen in ihren letzten Stunden vorzustellen ...«

Trauer und Wut mischten sich in Averys Augen, als er sich wieder auf Lawrence konzentrierte. Zum ersten Mal erlaubte Lawrence sich, das Ausmaß des Schreckens, der Zehra widerfahren war, zu spüren. Was sie gesehen haben musste, was sie erlitten haben musste. Sein Magen drehte sich um. Es war schlimmer gewesen, als er es sich je vorgestellt hatte.

»Wo ist sie?« Averys Stimme war jetzt leiser.

»Oben, sie nimmt ein heißes Bad. Ich habe mich um sie gekümmert, mehr nicht. Ich schwöre es.« Er mochte ein verdammter Schurke sein, aber seine Mutter hatte ihm vor allem eines beigebracht: Wenn man einer Frau in Not begegnete, spielte man den Helden, so gut man konnte.

Avery seufzte und fuhr sich mit der Hand durch sein Haar, das mehr von der Sonne geküsst war als das dunkelrote Haar der anderen Geschwister.

»Sie wird zurückgehen müssen. Das weißt du, nicht

wahr? Sie kann nicht hier bleiben. Das ist hier kein Platz für sie. Wenn das herauskäme, könnte es die Friedensgespräche und Handelsverhandlungen, die wir derzeit mit Persien führen, zunichte machen. Die Beziehungen zu ihnen sind so schon angespannt genug. Wenn sie herausfinden, dass wir den Verkauf ihres Volkes als Sklaven zulassen, könnte das die Verhandlungen zum Scheitern bringen, und wir könnten in einen Krieg geraten.«

Lawrence schluckte den plötzlichen Kloß in seinem Hals hinunter. Sie zurückschicken? Sie würde dort nicht sicher sein.

»Ich habe ihr mein Wort gegeben, dass sie bei mir bleiben kann, wenn sie es wünscht«, sagte Lawrence. Er war sich nicht sicher, ob es ihm zustand, die Gefahr zu erwähnen, der sie ausgesetzt sein könnte, noch nicht.

»Das war sehr großzügig von dir, aber das geht nicht. Was wird sie in London tun? Sie hat keine Freunde, keinen Zweck, außer dich zu unterhalten. Ich kenne dich, Lawrence. Wenn sie so eine ist wie die anderen Frauen, die wir aus der Auktion im Weißen Haus gerettet haben, muss sie umwerfend sein, und wir wissen beide, dass du wenig oder gar keine Selbstbeherrschung hast, wenn es um Frauen geht.«

Lawrence knurrte. »Das ist nicht fair.«

»Erinnerst du dich an Horatia? Du hast dich von der zukünftigen Frau unseres eigenen Bruders hinreißen lassen und sie geküsst, und zwar gegen ihren Willen.«

Lawrence stöhnte. »Das war auf Mutters Drängen

hin. Du warst doch dabei! Sie sagte mir, ich solle Horatia verführen, um Lucien eifersüchtig zu machen. Ich habe sie nur geküsst ...« Trotzdem hatte er sich dabei wie ein Schuft gefühlt. Horatia Sheridan hatte ihn abgewehrt, als wäre er ein wilder Pirat, der sie schänden wollte. Er hatte nur gewollt, dass Lucien sie zusammen sah, damit er eifersüchtig genug wurde, um Horatia als sein Eigentum zu beanspruchen.

Mama und ihre verflixten Verkuppelungspläne ...

»Bitte zwing mich nicht, sie zu den Docks zu bringen, Avery. Ich glaube, sie würde sich in England gut einfügen, wenn sie genug Zeit hätte.«

»Sie ist kein verlorenes Hündchen, um Himmels willen, Lawrence.«

»Verdammt, Bruder, hör auf, meine Worte zu verdrehen. Sie spricht fließend Englisch. Ich könnte sie Horatia vorstellen, vielleicht sogar Emily und den anderen Ladys ...«

Avery schnaufte. »Eine gewöhnliche Frau aus weiß Gott woher in Persien einer Herzogin vorstellen? Lawrence, du hast den Verstand verloren.«

»Sie ist nicht *gewöhnlich*, Avery. Sie ist eine Prinzessin, oder so etwas in der Art.«

Avery schüttelte den Kopf und stützte sich mit einer Hand auf den nächstgelegenen Sessel. »Du bist naiv. Lass mich raten: Das hat dir der Auktionator im Weißen Haus gesagt?« Lawrence antwortete nicht. »Sie sagen solche Dinge über all diese Frauen. Das macht sie exotischer und begehrenswerter für die Bieter. Sie ist nichts Besonderes, Lawrence, sie ist genau wie die anderen Frauen, die sie hierher gebracht haben. Verängstigte Frauen, die aus ihrer Heimat gerissen wurden, verdienen Respekt und eine Rückkehr nach Hause. Wir tun unser Bestes, um ihnen zu helfen und sie zurückzubringen.«

»Sie wird dort nicht sicher sein«, begann Lawrence, doch Avery unterbrach ihn.

»Du hast die alberne Vorstellung entwickelt, für sie den Helden zu spielen, aber ich werde nicht zulassen, dass du dein Leben *oder* ihres ruinierst, indem du dich an sie hängst. Sie ist kein bequemes *Spielzeug*.«

Lawrence wurde wütend und reagierte, ohne nachzudenken. Seine Faust traf Avery direkt ins Auge, so dass dieser fluchend zurückstolperte, bevor er seine Fäuste zur Verteidigung heben konnte.

»Willst du das wirklich vor dem Frühstück machen?«, schnappte Avery. »Du weißt, wie es enden wird. Und was würde Mutter dann sagen?«

»Mutter würde sagen, das solltest du lieber lassen!«, erklärte eine weibliche Stimme. Sie kam von der Tür von Lawrences Arbeitszimmer. Sowohl er als auch Avery drehten sich um und starrten entsetzt auf ihre Mutter, die sie mit finsterem Blick ansah. Lady Russell war angekommen.

KAPITEL 5

Jane Russell war eine atemberaubende Frau von zweiundfünfzig Jahren mit dunkelrotem Haar und haselnussbraunen Augen. Lawrence ließ sich jedoch nicht von der Schönheit seiner Mutter täuschen. Er wusste, dass sie eine der schärfsten Matriarchinnen des ganzen *Ton* war, wenn es um Pläne ging, und vor allem dann, wenn es um die Vermittlung von Ehen ging. Sie hatte auch die unheimliche Fähigkeit, sich in das Leben ihrer Kinder einzumischen, wenn sie es am wenigsten erwarteten. Wie jetzt gerade.

»Kommt jeder einfach in mein Haus, ohne anzuklopfen? Wo zum Teufel ist MacTavish, und warum macht er seinen verdammten Job nicht?« Lawrence beugte seine pochende Hand, und Avery rieb sich das schmerzende Auge, wobei sich beide Blicke zuwarfen.

»Ein guter Butler weiß es besser, als die Mutter eines

Mannes an der Haustür aufzuhalten.« Jane zog an den Spitzen ihrer Handschuhe und zog sie aus, während sie ihre Söhne anschaute, eine rötliche Braue missbilligend gehoben. »Worüber streiten ihr beide euch?«

Lawrence und Avery tauschten einen Blick aus. Avery gab Lawrence einen so leichten Ruck mit dem Kopf, dass seine Mutter es nicht bemerkte.

Sei still.

Er stimmte dem voll und ganz zu. Ihre Mutter durfte nicht wissen, worüber sie sich stritten.

»Ein bisschen brüderlicher Blödsinn, was, Avery?«, fragte Lawrence in einem lockeren Ton.

»Ja. Brüderlicher *Unsinn*«, sagte der andere und betonte das Wort, und dann, mit dem Rücken zu ihrer Mutter, murmelte er fünf weitere. *»Eine Woche, und sie ist weg.«*

Eine Woche? Er konnte Zehra nicht zurückgehen lassen - jedenfalls nicht nach Persien. Ihre Eltern waren vor ihren eigenen Augen ermordet worden. Sie würde dort niemals sicher sein. Sie würde irgendwo anders wieder auf einer Auktionsplattform landen, und er würde ihr nicht helfen können. Er würde Avery erklären müssen, in welcher Gefahr sich Zehra befand, aber jetzt war nicht der richtige Zeitpunkt, nicht, wenn ihre Mutter sie anstarrte.

»Lawrence, hör auf, die Stirn zu runzeln - das ruiniert dein gutes Aussehen. Mit so einem säuerlichen Gesichtsausdruck kriegst du nie eine Frau«, schimpfte seine

Mutter. »Ich habe gute Neuigkeiten, die ich euch gern beim Frühstück mitteilen möchte.« Jane drehte sich um und verließ das Arbeitszimmer in der Erwartung, dass ihre Söhne ihr folgen würden.

Avery und Lawrence warteten, bis sie außer Hörweite war.

»Du gibst sie mir in einer Woche zurück. Ich werde dafür sorgen, dass sie die Mittel hat, um sicher nach Hause zurückzukehren«, flüsterte Avery.

»Das ist es ja gerade«, schoss Lawrence zurück. »Sie hat kein Zuhause. Ihre Eltern wurden von einem Mann ermordet, dem sie vertrauten. Sie schaffte es gerade noch so, lebend da rauszukommen, nur um dann entführt und verkauft zu werden. Das ist kein Ort, an den sie sicher zurückkehren kann. Sie wird woanders verkauft, wenn nicht sogar getötet werden.«

Avery legte eine Hand auf Lawrence' Schulter. »Ich verstehe. Du hast dich erstaunlich nobel verhalten, Bruder.« Lawrence zuckte bei dem Tonfall seines Bruders zusammen. Er war kein verdammter Held, aber er war auch kein Bastard. Avery bemerkte seine Reaktion nicht und fuhr fort. »Aber deine Pflichten enden hier. Der Ring, der sie hierher brachte, wurde zerschlagen. Ich versichere dir, dass sie jetzt in Sicherheit sein wird. Es ist ja nicht so, dass meine Leute keine Verbindungen nach Persien hätten. Ich verspreche, sie sicher unterzubringen und zu versorgen.«

Lawrence hatte kein Vertrauen in diese Verbindungen. Er fühlte sich für seine Zehra verantwortlich. Sie gehen zu lassen, klang nach einer schrecklichen Idee.

»Hörst du mich, Lawrence? Ich werde gezwungen sein, sie zu holen, wenn du sie nicht zu mir bringst.«

Avery starrte seinen Bruder an, aber Lawrence reagierte nicht, geschweige denn wich er zurück. Avery war zwar ein Spion, aber Lawrence war immer noch der ältere Bruder. Er war nicht bereit, diesen stillen Krieg zu verlieren.

»Sag Mutter, es tut mir leid, dass ich das Frühstück verpasst habe.« Avery ging weg und ließ Lawrence mit zu Fäusten geballten Händen stehen. Er atmete mehrere Male langsam durch, bevor er sich ruhig genug fühlte, um in den Speisesaal zu gehen. Seine Mutter saß bereits am Tisch und aß ein pochiertes Ei und ein paar Stücke Toast mit Marmelade.

»Komm und setz dich, mein Junge.« Sie klopfte auf den Stuhl neben sich.

»Mutter, du weißt, wie gerne ich dich sehe, aber ...«

Jane gluckste. »Ich bin sicher, dass ich etwas unterbreche, vielleicht ein Rendezvous mit einer Mätresse, aber die kann warten. Du wirst dich setzen und mit mir zusammen frühstücken, während ich dir erzähle, welche Neuigkeiten ich habe.«

Lawrence ließ sich stöhnend auf einen Stuhl fallen, aber er aß nichts. Er würde auf Zehra warten.

»Nun, welche Neuigkeiten hast du?«

Seine Mutter schaute ihn von oben herab an, als

wollte sie ihn an seinen Platz erinnern, aber sie tat es nicht. »Dein Bruder Lucien hat sich niedergelassen und ist glücklich, und ein Kind ist unterwegs. Ich will das für *alle* meine Kinder.«

»Lass mich raten. Du hast eine junge Dame gefunden, die perfekt für mich wäre?«

»Genau.« Sie schenkte ihm ein gewinnendes Lächeln. »Sie ist reizend und klug, eine ganz Liebe.«

Er lehnte sich nach vorne und stützte seine Arme auf den Tisch. »Ich bin sicher, dass diese Frau reizend ist, Mutter, aber ich bin noch nicht bereit, mich niederzulassen.«

»Das hat dein Bruder auch gesagt.« Jane nahm einen Schluck Tee, als ob sie versuchte, ein Lächeln zu verbergen.

»Lucien war bereits unsterblich in seine zukünftige Frau verliebt. Er hat sich einfach geweigert, es anzuerkennen. So habe ich noch nie für eine Frau empfunden.«

Er spielte mit einer leeren Teetasse, sein Blick war unkonzentriert, während er mit dem Daumen das blauweiße Muster auf dem Porzellan nachzeichnete. *Wenn ich mit Zehra nach Brighton oder sonstwohin abhauen würde, bräuchten wir uns mit diesem Unsinn nicht zu befassen.* Der Gedanke, mit Zehra irgendwohin zu gehen, wo sie allein sein konnten, war im Moment so verlockend, dass er sich zwingen musste, auf seinem Stuhl zu bleiben.

»Du kannst keine zukünftige Frau finden, wenn du dich so abmühst.«

»Ich bin neunundzwanzig, Mutter. Ein Mann meines Alters schmachtet nicht. Außerdem habe ich viel Glück bei den Frauen.«

»Glück? Himmel, mein Lieber, Junggeselle zu sein und Mätressen zu haben, ist kein Glück. Jede anständige Frau mit zwei Augen im Kopf würde dich wollen. Du bist attraktiv und wohlhabend, aber das ist nicht das, was ich für dich will. Du solltest glücklich sein ...«

»Das bin ich!« Lawrence knurrte.

»Du bist es nicht. Sonst würdest du nicht knurren wie ein mürrischer alter Spaniel. Du verzehrst dich nach etwas und willst es nur nicht zugeben.«

»Schmachten bedeutet, dass es eine Frau gibt, die ich liebe und die ich nicht haben kann, und das ist sicher nicht der Fall.« Selbst als er dies sagte, musste er an Zehra denken, eine Frau, die er unbedingt wollte. Aber er wusste gut genug, dass er das nicht mit Liebe verwechseln sollte.

»Nun, vielleicht solltest du es aber. Männer werden immer besser, wenn sie heiraten. Eine Frau beruhigt dich, gibt dir einen Sinn und Freude im Leben.«

Er kicherte. »Nur für einige. Du hattest Glück, als du Papa geheiratet hast. Andere sind töricht genug, wegen des Geldes oder des sozialen Aufstiegs zu heiraten. Man kann nicht nach nur einem Tanz bei Almack's eine Frau finden und wissen, dass sie diejenige ist, mit der man den Rest seines Lebens verbringen will.«

»Natürlich kann man das. Genau so habe ich deinen Vater kennengelernt.«

Sein Vater. Der perfekte Ehemann, der perfekte Vater - der Schatten, den er auf seine Söhne warf, war zu groß, als dass einer ihm hätte entkommen können.

»Mutter, nicht alle von uns werden deinen Ansprüchen genügen. Wir können nicht alle so sein wie *er*. Ich bin nicht einmal dein Liebling, also warum verschwendest du deine Zeit mit mir?«

Das scharfe Klappern einer Teetasse auf ihrer Untertasse ließ ihn in ihre Richtung blicken. Ihre Augen waren verengt.

»Ich habe *keine Lieblinge*. Wie kannst du das sagen?«

Er spürte einen Stich von Bedauern. »Es tut mir leid, Mutter. Ich habe nur ... Ich habe letzte Nacht sehr wenig geschlafen. Warum trinken wir nicht morgen zusammen Tee?« Er bot ihr einen Olivenzweig an und hoffte, dass sie ihn annehmen würde. Er liebte sie, auch wenn sie sich ständig in sein Leben einmischte.

Jane lächelte. »Tee?«

»Oder Abendessen, oder was immer dir lieber ist.« Er rieb sich die Schläfen, als ein neuer Kopfschmerz hinter seinen Augen zu pochen begann.

»Nun, du könntest heute Abend zu Lord Raleighs Ball kommen und diese junge Frau kennenlernen. Ihr Name ist Miss Hunt.« Das intrigante Funkeln in ihren Augen war wieder da, und er wusste, dass er sich nicht wehren sollte.

»Nun gut. Ich werde kommen. Aber nur ein Tanz, hörst du? Wenn sich Miss Hunt als uninteressant erweist, sollte die Angelegenheit damit erledigt sein.«

»Natürlich«, stimmte sie zu. »Also, was ist wirklich zwischen dir und Avery vorgefallen?«

Er schnaubte und wedelte mit dem Finger. »Du bekommst heute nur einen Gefallen von mir, Mutter. Mehr werde ich dir nicht sagen.«

»So sei es. Aber pass auf dich auf, Lawrence. Die Bande zwischen Brüdern sollten für immer bestehen. Wenn du diese Bande zu sehr strapazierst, könntest du ihn verlieren.«

»Das Gleiche sollte man ihm sagen«, brummte Lawrence.

»Das wird man auch.« Sie trank den Rest ihres Tees aus, nahm dann ihre Handschuhe und stand auf. Lawrence erhob sich und beugte sich vor, um seine Mutter auf die Wange zu küssen.

»Wir sehen uns heute Abend. Komm nicht zu spät.«

»Ja, Mutter.« Er begleitete sie zur Tür und sah ihr nach. Erst nachdem ihre Kutsche sie weit weggetragen hatte, eilte er mit einem Tablett voller Essen zurück in seine Gemächer.

Zehra las wieder und trug das schreckliche Kleid aus dem Bordell. Nun, es war nicht *schrecklich*, aber es war in jeder Hinsicht viel zu verlockend. Sie brauchte neue Kleider, die für eine Prinzessin geeignet waren, nicht für eine Hure.

»Zehra, ich wollte eigentlich die Modistin kommen lassen, damit sie dir Kleider anpasst, aber vielleicht möchtest du lieber rausgehen und ein bisschen frische Luft schnappen?« Er stellte das Tablett auf den Tisch und ging zu ihr hinüber.

Zehras Augen blitzten auf vor Aufregung. »Können wir?« Sie legte den Roman weg und war im Nu wieder auf den Beinen. Das Lächeln ließ sein Herz gegen seine Rippen anschwellen. War es möglich, sich *zu* glücklich zu fühlen?

»Ja, ich dachte, es wäre schön, den Tag in der Stadt zu verbringen und dir zu kaufen, was du brauchst. Ich fürchte, ich muss heute Abend ausgehen, aber ...« *Wenigstens könnte ich den Tag mit dir verbringen.*

»Danke, Mylord.« Sie stürzte zu ihm hin und schlang ihre Arme um seinen Hals. Einen Moment lang war er fassungslos und wusste nicht, was er tun oder sagen sollte. Es war eine unschuldige Umarmung, doch für ihn war es auch eine böse Versuchung. Er schlang seine Arme um ihre Taille und hielt sie fest. Ihr Haar verströmte einen zarten Blütenduft, und er sehnte sich danach, seine Nase in diesen seidenen Locken zu vergraben.

»Warum frühstücken wir nicht ein wenig, und dann fahren wir mit meiner Kutsche zur Bond Street, wenn du bereit bist.«

Zehra ließ ihn los, und er tat dasselbe, wobei er es hasste, dass er sie loslassen musste. Das war so untypisch für ihn. Er war nicht der Typ, der an Frauen hing, und er mochte es schon gar nicht, wenn Frauen an ihm hingen, aber bei Zehra entdeckte er, dass seine üblichen Vorlieben nicht mehr galten.

Sie setzte sich auf den Stuhl am Feuer und aß ihr Frühstück. Lawrence wollte sich zu ihr in den anderen Sessel setzen.

»War das Ihr Bruder?«

Er erstarrte bei ihrer Frage und nahm das Buch in die Hand, bevor er sich setzte.

»Äh … ja. Woher wusstest du das?«

Sie legte den Kopf schief. »Ich habe mir Sorgen gemacht, als Sie nicht zurückgekommen sind. Ich kam die Treppe hinunter und hörte, wie Sie beide sich gestritten haben … um mich.« Anstatt verlegen dreinzuschauen, begegnete sie seinem Blick mit felsenfester Entschlossenheit.

Lawrence wusste, dass er ihr die Wahrheit sagen musste. »Mein Bruder ist … nun ja … er ist im Dienste Seiner Majestät tätig, und er war es, der mich ins Weiße Haus geschickt hat. Ich sollte für niemanden bieten, sondern nur beobachten. Er sollte später mit den Bow Street Runners und einem Richter kommen, um sowohl die Sklavenhändler als auch die Käufer gemeinsam zu fangen.«

»Und er ist wütend, weil Sie mich gekauft haben?« Ihre Augen waren eindringlich, so fest und sicher.

»Ja, er ist ziemlich wütend auf mich.« Lawrence strich

über den Rücken des Romans in seinen Händen. »Unsere Gemüter gerieten ein wenig außer Kontrolle.«

Zehra gab einen leisen Laut von sich, der verdächtig nach einem Glucksen klang.

»Du hast keine Geschwister, oder?«, fragte er.

Sie knabberte an einem Stück Toast und schüttelte den Kopf. »Meine Mutter bekam ein zweites Kind, einen Sohn, aber er starb im Alter von sechs Monaten an Fieber. Er war ein wunderschönes Baby, und obwohl ich erst vier Jahre alt war, als er starb, habe ich ihn vergöttert. Ich erinnere mich noch an seine braunen Augen, warm und hell wie die meines Vaters.« Ihre Stimme wurde rau vor Emotionen. Lawrence rutschte auf seinem Stuhl neben ihr hin und her und war erstaunt, wie leicht er mit ihr zusammensitzen und reden konnte, selbst über schmerzhafte Dinge.

»Es tut mir leid.«

»Ich danke Ihnen. Wie Sie sagen würden, ist er jetzt bei Gott, und ich bin sicher, er ist glücklich.« Sie hob ihren Blick wieder zu ihm, und er liebte die Art, wie ihre dunklen Wimpern diese hellblauen, fast türkisfarbenen Augen umrahmten.

»Und Sie? Ein Bruder? Oder haben Sie noch mehr?« Sie hatte die Geister ihrer Vergangenheit wieder vertrieben und verblüffte ihn mit ihrer Stärke.

»Ich habe mehrere Geschwister. Mein ältester Bruder, Lucien, ist der Marquess von Rochester. Er ist dreiunddreißig. Mein Bruder Avery ist zwei Jahre jünger als ich. Er ist siebenundzwanzig Jahre alt. Und dann ist da noch Linus, der einundzwanzig ist, und Lysandra ist neunzehn«.

»So viele?« Zehras Augen weiteten sich. »Es muss wunderbar sein, so viele Geschwister zu haben. Meine Mutter hatte einen Bruder und eine Schwester, aber ich hatte nie die Gelegenheit, sie kennen zu lernen. Mein Vater war ein Einzelkind. Es war in vielerlei Hinsicht einsam.«

»Nun bist du nicht mehr allein«, murmelte er. Sie würde nie wieder allein sein, wenn er es verhindern konnte.

»Nein, ich bin nicht mehr allein.« Ihre Augen begannen wieder zu schimmern, und er verfluchte sich selbst, weil er es hasste, dass er ihren Schmerz wieder an die Oberfläche gebracht hatte, während er versucht hatte, sie zu trösten.

Ihre Lippen verzogen sich zu einem sanften Lächeln. »Sie müssen damit aufhören.«

»Womit?«

»Mich so anzuschauen, als wäre ich ein zerbrechliches kleines Eyas.«

»Eyas?«

»Ein junger Falke, der noch nicht bereit ist, das Nest zu verlassen. Gibt es hier keine Falken?«

Er gluckste. »Doch, die gibt es. Aber heutzutage betreiben nicht mehr so viele Gentlemen die Falknerei.«

Sie trank etwas von der heißen Schokolade, die er ihr zum Frühstück mitgebracht hatte. »Nur Männer?«

»Nun, hauptsächlich Männer. Ich nehme an, dass ein paar Damen auf dem Lande diesem Sport frönen. Ich nehme an, du hast das in Persien getan?« Er konnte sie sich gut mit einem Falken auf dem Arm vorstellen, dem König der Raubvögel. Herr, das wäre eine überwältigende Vision gewesen.

»Ich war ein ziemlicher Experte. Mein Vogel, Azar, wurde nach dem Feuer benannt. Sie war wunderschön. Ich weiß nicht, was aus ihr nach dem Brand geworden ist. Ich hoffe, die Vögel sind entkommen. Ich habe weder ihr noch die anderen nachts eine Kapuze aufgesetzt.«

»Ich bin sicher, dass es ihr gut geht. Vögel, insbesondere Falken, sind schlaue Geschöpfe.«

»Das sind sie.« Sie drehte sich zu ihm um. Sie hatte das letzte Stückchen ihres Frühstücks aufgegessen. »Was hat Ihr Bruder gesagt, das Sie so verärgert hat?«

Verdammt, er hatte gehofft, sie hätte es vergessen.

»Zehra ...«, begann er und fürchtete sich vor jedem Wort. »Ich muss dich nach Hause schicken.«

»Nein!« Sie erhob sich vom Stuhl und fiel ihm zu Füßen, wobei sie seine Hände in die ihren nahm.

»Nicht sofort! Erst wenn wir sicher sind, dass du dort in Sicherheit sein wirst.«

»Nein, bitte, lasst mich bleiben! Hier werde ich sicherer sein.«

Ihr Flehen zerrte an seinem Herzen. »Ich würde es tun, aber es liegt nicht an mir. Avery hat eine Machtposition inne, und seine Leute versuchen, einen Zwischenfall mit deinem Heimatland zu vermeiden. Wenn er darauf besteht, dass du gehst, kann ich ihn nicht daran hindern, dich mitzunehmen. Ich habe ihn überzeugt, uns eine Woche Zeit zu geben.«

»Eine Woche ...« Sie drückte seine Hände fester, und er ermutigte sie, aufzustehen. Er wollte, dass diese Frau sich nie mehr vor ihm oder irgendeinem Mann niederwerfen würde.

»Ich habe sieben Tage Zeit, um für dein Glück zu sorgen, Zehra, auf jede erdenkliche Weise. Ich habe schon bei allem anderen mein Wort nicht gehalten und ...« Er schluckte hart an dem Kloß in seinem Hals vorbei. Als er sie jetzt ansah, wusste er, dass er nicht nur Lust empfand, wie er ursprünglich gedacht hatte. Sie brachte ihn dazu, ein besserer Mann sein zu wollen, ein Mann, *der ihrer würdig* wäre. »Wie ich bereits sagte, tun die Leute meines Bruders alles in ihrer Macht Stehende, um für deine Sicherheit zu sorgen. Du kannst ihm vertrauen.«

»Sieben Tage werden genug sein«, flüsterte sie, und dann tat sie etwas, was er nie erwartet hätte. Sie lehnte sich an ihn und küsste seine erschrockenen Lippen. Die Begegnung war kurz, aber voller Hoffnung. Noch nie war ein Kuss so echt gewesen, so ewig, und doch zu schnell vorbei. Als sie sich zurückzog, starrte er sie fassungslos an.

»Zehra, du darfst nicht denken, dass du das tun musst.«

Ihr schüchternes Lächeln hatte nun einen Hauch von Kühnheit. »Ich möchte nicht, dass Sie sich mir verpflichtet fühlen, und ich möchte auch nicht Ihre Gunst gewinnen. Ich glaube Ihnen, wenn Sie mir sagen, dass Ihr Bruder diejenigen, die mich versklavt haben, gefangen genommen hat und dass seine Leute alles in ihrer Macht stehende tun werden, um mich sicher nach Hause zu bringen. Aber wenn ich schon gehen muss, dann möchte ich noch etwas Freude haben, bevor ich gehe. Mit dir.«

Er verstand, was sie ihm sagen wollte. Vielleicht war es immer noch ihr verzweifelter Wunsch zu bleiben, aber wenn ihre gemeinsame Zeit so kurz sein sollte, warum sollten sie sie dann nicht genießen?

»Wie du willst«, versprach er und blickte ihr tief in die Augen. Wenn er jemals einen Moment lang daran gezweifelt hatte, dass sie eine Prinzessin war, so waren diese Zweifel jetzt ausgeräumt. Ganz gleich, was Avery gesagt hatte, sie war königlich.

Ich werde dir eine Woche der Freude schenken, bevor du gehst, meine Prinzessin.

KAPITEL 6

Lord George Lyon, der Graf von Denbruck, saß in seinem bequemen Ledersessel im Salon und beobachtete seinen Sohn und seine Tochter mit ihren Ehepartnern und Kindern beim Snapdragon-Spiel. Seine Augen saugten den Anblick seiner glücklichen Familie in sich auf. Mit seinen zweiundsiebzig Jahren war er in die Jahre gekommen, aber es fiel ihm leicht, jung zu bleiben, wenn er Zeit mit seinen Enkelkindern verbrachte.

»Vater?« Sein Sohn, Archibald, kam mit einem Brief in der Hand zu ihm. »Das ist für dich gekommen. Der Lakai hat das Schreiben auf den Tisch gelegt, aber ich glaube, du hast es übersehen.«

»Danke, Archie.« George nahm den Brief an sich und studierte das Siegel auf dem Pergament, und sein Herz machte einen Sprung. Es war ein Siegel, das er seit fast zwei Monaten nicht mehr gesehen hatte, und doch hatte er sich jeden Tag nach diesem Moment gesehnt. Er öffnete den Brief hastig, aber ohne ihn zu beschädigen. Als er zu lesen begann, schien die Welt um ihn herum sich in die Schatten zurückzuziehen.

LORD DENBRUCK,

Schweren Herzens muss ich Ihnen das Schicksal Ihrer Tochter Joan und ihres Mannes Rafay mitteilen. Sie wurden bei einem Überfall einer rivalisierenden Macht in der Region getötet, die nun Anspruch auf Rafays Land erhebt. Ihre Enkelin Zehra ist unter den Vermissten. Unsere Männer haben unter den Toten nach ihr gesucht und konnten sie nicht finden. Wir glauben, dass sie, wie viele der Frauen im Palast, in die Sklaverei verkauft werden soll. Ich werde es mir zur Aufgabe machen, sie zu finden, oder, wenn das nicht gelingt, zumindest zu erfahren, was mit ihr geschehen ist.

Mit freundlichen Grüßen,
Michael Southerby

GEORGE LIEß DEN ZETTEL AUS SEINEN FINGERN fallen, während sein Blick vor Tränen verschwamm.

»Papa?« Seine Tochter Elizabeth gesellte sich zu Archie an seine Seite. »Was ist denn los?«

»Nimm die Kleinen. Ich ...« Er verschluckte sich. »Ich muss mit euch beiden allein sprechen.«

Archies Frau und Elizabeths Mann brachten die Kinder aus dem Raum. Sobald sie allein waren, bat George seine Kinder, sich zu setzen. Er deutete auf das Pergament auf dem Boden, und Archie bückte sich, um es aufzuheben.

»Lies es.« George konnte die Worte nur flüstern.

Archie überflog den Brief, und seine Augen weiteten sich. Ohne ein Wort zu sagen, reichte er es seiner Schwester.

»Joan ist tot?« Elizabeth keuchte auf. Archie legte tröstend einen Arm um sie.

»Vater, was ist passiert?« Archies Stimme wurde rau vor Schmerz.

Es kostete George all seine Kraft, mit seinen beiden verbliebenen Kindern zu sprechen und ihnen alles zu erzählen.

»Seit eure Schwester Rafay Darzi geheiratet hat, habe ich sie nie wirklich aus den Augen verloren. Der Sohn eines alten Freundes, Michael Southerby, wurde in Persien in der Nähe ihres Zuhauses stationiert. Er hat Joan und Rafay beobachtet, wann immer es seine Zeit erlaubte.«

»All diese Jahre lang?«, fragte Elizabeth. »Du hast uns gesagt, du hättest sie enterbt, weil sie Rafay geheiratet hat.«

Zu seiner Schande und zu seinem Bedauern hatte er genau das getan. Es war ihm nicht recht gewesen, dass sein ältestes Kind einen Ausländer hatte heiraten wollen, selbst wenn es ein Schah des Landes gewesen wäre. Joan hatte Rafay geheiratet und ihr englisches Leben hinter sich gelassen. Es hatte George das Herz gebrochen, ebenso wie das seiner Frau. Sie war zwei Jahre später gestorben, Joans Name auf ihren Lippen, als sie ihren letzten Atemzug tat.

»Ich hatte gesagt, ich würde es tun ... aber ich konnte sie nicht gehen lassen, nicht ohne zu wissen, dass sie und ihre Tochter in Sicherheit waren.«

»Sie hatte eine Tochter?«, fragte Archie leise. »Wir haben eine Nichte?«

»Ja. Zehra ist jetzt zwanzig Jahre alt. Den Berichten zufolge ein hübsches Mädchen. Außerdem ist sie verdammt schlau. Southerby sagt, sie hat die Augen ihrer Mutter.« George zitterte vor Kummer. »Und jetzt ist sie weg. Southerby ist ein guter Mann, aber ich fürchte, er wird sie nie ausfindig machen können, vorausgesetzt, sie ist überhaupt noch am Leben.«

Elizabeths Hand flog zu ihrem Mund. »Oh Gott, oh, der arme Schatz. Können wir wirklich gar nichts tun?«

»Wir würden alles tun, was wir können, um zu helfen, Vater«, fügte Archie hinzu.

George neigte den Kopf. »Wenn ich auf den Flügeln der Zeit zu der Nacht zurückkehren könnte, in der Joan sagte, sie habe Rafays Antrag angenommen, hätte ich sie nicht weggestoßen. Alles hätte anders sein können, wenn mir mein verdammter Stolz nicht in die Quere gekommen wäre.«

»Wir ...«, Elizabeth hielt inne, um sich zu sammeln. »Wir müssen einen Gottesdienst für Joan abhalten, und ihre engen Freunde müssen davon erfahren, diejenigen, die ihr nach dem Skandal die Treue gehalten haben«.

»Ganz, ganz richtig«, murmelte George, aber seine Gedanken waren tausend Meilen weit weg. Sein Herz schlug zurück in die Vergangenheit, und er kämpfte hart, um sich an die goldenen Erinnerungen zu klammern, an die sonnigen Tage, an denen sein liebes Mädchen in den Gärten tanzte, ihr Schürzchen mit Schmutz verschmiert und ihre Stimme so süß wie ein Singvogel, als sie ein Schlaflied über eine Nachtigall sang.

»Glaubst du, Papa?«, fragte das Kind.

Er nahm die kleine Hand, die sie ihm hinhielt, und ging mit ihr den Gartenweg entlang. »Was soll ich glauben?«

Joan strahlte zu ihm auf, ihr schlauer Verstand und ihr offenes Herz. »Dass in jedem Teil der Welt im Wesentlichen eine Seele steckt? Und sie passen zusammen wie ein großes Puzzle.«

Wie hätte er ein solches Kind nicht anhimmeln können? Und wie könnte ihr Erwachsenwerden ihm nicht das Herz brechen?

»Mein liebes kleines Mädchen ...« Er kam wieder zu sich und stellte fest, dass Archie und Elizabeth ihn mit seinem Kummer allein gelassen hatten. Er hob die Hände, um sein Gesicht zu bedecken, und weinte bitterlich. Sein Stolz und seine Fehler hatten ihm sein Kind und sein Enkelkind für immer genommen.

»Das rote. Und das blaue natürlich auch«, sagte Lawrence und musterte Zehra von Kopf bis Fuß. Sie schlang die Arme um ihre Taille, während sie auf dem kleinen Podest im Geschäft von Madame Ella stand. Spiegel flankierten sie, und sie sah sich selbst, wie sie mit großen Augen zurückblickte. Die Kleider waren wunderschön - nein, mehr als wunderschön. Sie waren extravagant in der Qualität, aber nicht übertrieben in Ornament und Stil.

Lawrence verschränkte die Arme vor der Brust, während er sich in einem kleinen Kreis um Zehra herumbewegte. »Was meinen Sie, Madame Ella?« Die Modistin tippte mit einem Finger auf ihr Kinn und betrachtete Zehra ebenfalls.

»Jede kräftige Farbe ist gut, Mylord. Alles, was blass ist, würde ihrem Teint nicht gerecht werden. Und diese Augen ... Sie müssen Saphire kaufen. Sie werden den atemberaubenden Farbton sehr gut reflektieren.«

»Einverstanden. Ich werde drei Kutschenkleider, vier Abendkleider, vier Tageskleider und mehrere Hemden und andere Unterkleider kaufen. Passende Handschuhe, versteht sich. Als Nächstes werden wir beim Hutmacher und den Schuhgeschäften anhalten.«

»Wirklich, Lawrence, ich kann nicht ...«, begann Zehra.

»Sag kein weiteres Wort, sonst verdopple ich die

Bestellung.« Lawrence zwinkerte der Modistin zu, die zu lachen begann.

»Wir können die Hälfte der Kleider in ein paar Stunden fertig haben, da wir einige fertige Kleider zur Verfügung haben, und den Rest in ein paar Tagen. Sie können die Nachtwäsche und das Kleid, das sie jetzt trägt, sofort mitnehmen, wenn Sie wünschen.«

»Perfekt.« Lawrence wartete, bis Madame Ella sie allein gelassen hatte, und trat dann an das Podium heran. Damit war Zehra auf gleicher Höhe mit ihm, und sie musste zugeben, dass es ihr gefiel, ihm in die Augen zu sehen. Doch als er näher kam, flatterte ihr der Magen vor lauter Nervosität.

War es dumm von ihr gewesen, ihn an diesem Tag zu küssen? Das fand sie nicht, aber es war wild, skandalös und völlig unangemessen gewesen. Hätte sie das jemandem zu Hause angetan, hätte ihr Vater mit dem Mann um ihre Ehre gekämpft, und wenn er überlebt hätte, hätte ihr Vater ihn gezwungen, sie zu heiraten.

Sie errötete bei dem Gedanken, Lawrence zu heiraten. Sie kannte ihn nicht einmal, nicht so, wie sie den Mann, den sie heiraten würde, kennen wollte. Nicht, dass sie Lawrence oder irgendeinen anderen Mann heiraten würde, denn diese Möglichkeit war für sie jetzt nicht mehr gegeben. Das war der wahre Grund, warum sie ihn geküsst hatte, warum eine so heftige Verzweiflung, wenigstens eine kurze Zeit unter ihren Bedingungen zu leben, übermächtig geworden war. Es war ein

Dankeskuss, ein Kuss der Leidenschaft und ein Abschiedskuss zugleich gewesen.

Vielleicht kann ich mit ihm Freude und Glück erfahren, die Berührung eines Mannes meiner Wahl kennenlernen, bevor ...

Bevor sie nach Persien zurückgeschickt wurde. Selbst wenn es den Leuten, die den Ring zerschlagen hatten, gelänge, Al-Zahrani zu fassen, würde sie in ihrer Heimat keine Freiheit finden. Das Vermögen ihrer Eltern war ihr genommen worden, und sie würde keinen Anspruch darauf haben. Bestenfalls könnte sie Arbeit als Bürgerliche finden.

Schlimmstenfalls war Al-Zahrani noch frei und würde sie finden.

»Ich kann nicht anders, als mich zu fragen, worüber du nachdenkst, wenn du so distanziert wirkst.« Lawrence nahm ihr Kinn in die eine Hand und schlang die andere um ihre Taille, wobei seine Finger beruhigende Muster auf dem rosaroten Musselin-Kleid, das sie trug, zeichneten.

»Du willst nicht wissen, was ich denke«, sagte sie, und für einen Moment wuchs der Kummer in ihr so stark an, dass die Trostlosigkeit sie fast verschlang.

Und dann waren seine Lippen auf ihren. Obwohl er ähnlich wie ihr eigener Kuss an diesem Tag begann, schlich sich bald etwas mehr ein. Eine Hitze und ein Hunger regten sich in ihr, bis sie alle Gedanken an die Vergangenheit verlor. Es gab nur ihn, seinen Kuss, seine Berührung, seine Arme um sie. Sie drückte sich an ihn und sehnte sich nach allem, was er ihr geben konnte. Er hielt sie fest und verhinderte, dass sie vom Podium fiel, als sich ihre Lippen trennten. Sein albernes Grinsen war ein Echo des Glücks, das sie erfüllte und ihr ein wenig schwindlig machte.

»Wofür war das?«, fragte sie lächelnd, während sie sich auf die Lippe biss.

»Mein Vater hat immer gesagt, dass ein guter Kuss alles heilen kann. Vor allem jede Art von blauen Teufeln.« Er strich mit einer Fingerspitze spielerisch über ihre Nase. Seine haselnussbraunen Augen waren fröhlich, wie Feuerlicht, das sich auf Honig spiegelt.

»Blaue Teufel?« Sie hatte noch nie so eine dumme Redewendung gehört.

»Das ist, wenn man sich ein bisschen deprimiert fühlt. Trübe Gedanken und so. Hat es funktioniert?«

»Oh!« Sie kicherte. »Ja, das hat es fürwahr.« Es hatte nur einen guten Kuss gebraucht, und sie hatte fast vergessen, was sie bedrückte.

»Gut.« Er strich mit der Daumenkuppe über ihre Lippen, sein Blick war auf sie gerichtet, als würde er sie wieder küssen wollen. Es hätte sie nicht gestört, wenn sich nicht die Schneiderin hinter Lawrence geräuspert hätte.

»Das Kleid und die anderen Sachen sind alle verpackt. Wenn Sie möchten, kann ich sie heute Nachmittag zu Ihnen nach Hause liefern lassen.« Madame Ella hob eine Hand, um eine Strähne ihres dunklen, von silbrigen Fäden durchzogenen Haares zurückzustreichen.

»Danke, das wäre mir lieber«, sagte Lawrence, ohne sich die Mühe zu machen, die Modistin anzusehen. Zehra errötete, als er sie an der Taille packte und vom Podium herunterhob. Er hielt sie einen Moment zu lange fest, lange genug, damit sie seinen Duft einatmen und die Wärme seiner großen, starken Gestalt so nahe bei sich spüren konnte.

»Weiter zu Schuhen, Hüten und Schmuck?«, fragte er mit einem schelmischen Grinsen.

»Wahrhaftig, Lawrence, das dürfen wir nicht«, protestierte sie.

»Unsinn, Zehra. Madame Ella hat ganz recht. Dein schöner Hals verlangt nach Saphiren.« Sie ließ sich von ihm aus dem Geschäft begleiten, wobei sie ihren Arm in den seinen legte. Obwohl sie ein wunderschönes rot-weiß-gestreiftes Musselin-Kleid trug, fühlte sie sich seltsam entblößt, als sie auf die Straße traten.

Zu Hause hatte sie ein ziemlich zurückgezogenes Leben geführt. Sie war von den meisten Männern fern-gehalten worden, außer von ihrem Vater und den Freunden ihrer Eltern. Aber gleichzeitig hatte sie die Freiheit gehabt, ihr Pferd zu nehmen und in die Hügel hinter dem Palast ihres Vaters zu reiten und stundenlang in der Sonne zu lesen oder auf einer Decke liegend zu lernen.

Diese Freiheit gab es hier nicht. London war voll von

Menschen, Paaren, Dienern, vorbeireitenden Männern auf Pferden, und Kutschen, die vorbeirauschten. Es war geschäftig und laut und alles ein wenig überwältigend. Als sie mit den Schuhen, dem Schmuck und den Hüten fertig waren, tat Zehra der Kopf weh von all den Geräuschen des Chaos um sie herum.

»Geht es dir gut?«, fragte Lawrence, als er wieder zu ihr in die Kutsche stieg.

»Ja, ich bin nur solche ... Geschäftigkeit nicht gewohnt.« Sie berührte mit den Fingerspitzen ihre Schläfen.

»Warum bringen wir dich nicht nach Hause, damit du dich ausruhen kannst? Wir können in Ruhe zu Abend essen, bevor ich gehen muss.«

Sie setzte sich aufrecht hin, Sorge erfüllte sie. »Gehen?« Sie wollte keine Klette sein, aber er war der einzige Mensch, den sie in diesem überwältigenden neuen Land kannte und dem sie vertraute.

Lawrence' fröhliche Miene verfinsterte sich. »Ich fürchte, ich muss heute Abend auf einen Ball. Ich hoffe, ich werde nicht lange weg sein. Vielleicht zwei Stunden.«

»Ein Ball?« Sie konnte die Hoffnung in ihrer Stimme nicht verbergen. Ihre Mutter hatte die wunderbarsten Geschichten über die Abende erzählt, die sie auf Bällen verbracht hatte, die exquisiten Kleider, die sie getragen hatte, die Tänze, die gut aussehenden Herren und die Musik ...

»Ja, ich habe meiner Mutter versprochen, dass ich

gehe.« Sein säuerlicher Tonfall ließ ihn jungenhaft klingen, und sie lachte.

»Magst du keine Bälle?«, fragte sie.

»Bälle *mögen*?« Er schnaubte. »Was kann man an ihnen schon mögen?«

Zehra errötete. »Nun, mir wurde gesagt, dass sie sowohl wunderschön als auch angenehm sind. Das Kerzenlicht, der Tanz, die Musik ...« Sie brach ab, als sie bemerkte, dass er sie genau beobachtete. Lawrence lehnte sich in seinem Sitz nach vorne.

»Warst du schon mal auf einem?«

Sie schüttelte den Kopf. »Ich habe von ihnen gehört und wollte schon als Kind zu einer solchen Veranstaltung gehen, aber sie gehören nicht zu den Bräuchen in meinem Land. Es ist nicht üblich, dass Männer und Frauen so eng zusammen tanzen und sich aneinander festhalten oder berühren.«

Lawrence schwieg einen Moment lang, dann lachte er leise. Der satte, tiefe Klang jagte ihr köstliche Schauer über den Rücken.

»Wir sollten uns auch nicht zu nahe kommen, außer beim Walzer natürlich.« Während er dies sagte, beugte er sich näher zu ihr und griff über die Distanz zwischen ihnen hinweg, um ihre Hände in seine zu nehmen. »Morgen können wir nach Richmond fahren und ein richtiges Picknick machen. Dort gibt es einige schöne Hügel mit schönen Aussichten. Wir können uns abseits des Trubels der Stadt amüsieren. Wie würde dir das gefallen?«

»Das klingt wunderbar.«

»Ausgezeichnet.« Lawrence grinste, aber sie sah, dass sein fröhlicher Blick von einem Hauch Melancholie getrübt war.

Sieben Tage lagen zwischen ihnen. Das war alles, was sie hatte.

Ich muss das Beste aus ihnen machen.

Verdammte Bälle.

Lawrence verabscheute das Tragen der obligatorischen Kniebundhosen, die für Bälle und Tanzveranstaltungen vorgeschrieben waren. Der Schnitt einer guten Hose war ihm viel lieber. Er war kein geckenhafter Dandy, aber er sah gerne wie ein Gentleman aus, auch wenn sein Verhalten darauf schließen ließ, dass er es nicht war.

»Sie weiß, dass ich nicht hier sein will«, murmelte Lawrence zu seinem Bruder Lucien, der neben ihm an der Rückwand lehnte. Seite an Seite hätte man sie für Zwillinge halten können, wenn man nicht wusste, dass vier Jahre zwischen ihnen lagen.

Lucien gluckste. »*Keiner* von uns will hier sein. Aber du weißt ja, wie Mutter ist. Die Frau weiß genau, was sie sagen muss, um uns dazu zu bringen, das zu tun, was sie will.«

»Was hat sie gesagt, damit du kommst?«, fragte Lawrence. Auch mit dreiunddreißig Jahren beugte sich Lucien noch dem Diktat seiner Mutter, so wie sie es alle taten.

»Sie erinnerte mich daran, dass Horatia wegen ihrer Schwangerschaft im Spätsommer und Herbst nicht würde tanzen können. Ich habe nicht die Absicht, meine Frau von allem abzuschirmen, aber Mutter hat recht, dass sie nicht tanzen können wird. Daher nehme ich alle gesellschaftlichen Verpflichtungen an, die Horatia wahrnehmen möchte, solange sie dazu in der Lage ist.«

Er nickte in Richtung einer entfernten Gestalt, einer hübschen Brünetten, die mit ihrem jüngsten Bruder Linus tanzte. Sie strahlte, ihr Gesicht leuchtete vor schierer Freude über den Tanz. Lawrence' Herz machte einen kleinen Ruck. Er wünschte, er hätte Zehra heute Abend hierher bringen können, aber Avery hatte recht. Sie hatte keine Verbindungen, keine Möglichkeit, richtig in die Gesellschaft integriert zu werden. Sie würde als seine Mätresse oder Schlimmeres angesehen werden und könnte nicht den Damen des guten Geschmacks vorgestellt werden. Alles, was sie sich wünschte, war die Teilnahme an einem Ball, und nicht einmal das konnte er ihr geben.

Oder könnte er das? Er wurde von einem Plan überrascht. Einer, der ihn mit all seinen Möglichkeiten fast schwindlig machte.

Als der Tanz endete, kamen Horatia und Linus zu ihnen herüber.

»Horatia, könnte ich dich vielleicht kurz sprechen?«, fragte Lawrence.

Die Augen seiner Schwägerin weiteten sich vor Überraschung. Als Lawrence das letzte Mal mit Horatia allein gewesen war, hatte er versucht, sie zu küssen, um Lucien eifersüchtig zu machen, und sein gut gemeinter Versuch, die Turteltauben zusammenzubringen, war nicht willkommen gewesen. Doch es war alles geklärt und vergeben worden. Hoffte er.

»Ich denke schon.« Ihre Wangen waren noch vom Tanz gerötet, und sie nickte Lucien zu, der seinen Blick verengte, sie aber widerwillig gehen ließ.

Lawrence führte Horatia in eine Nische im Ballsaal der Raleighs, wo sie von niemandem, der in der Nähe stand, belauscht werden konnten.

»Horatia, ich fürchte, ich muss dich um einen sehr wichtigen Gefallen bitten.«

»Ja?« Ihre braunen Augen waren warm und einladend. Sie war vom Wesen her das genaue Gegenteil seines Bruders. Lucien war von Natur aus ein Grübler, aber es schien, dass sie einander perfekt ergänzten.

So wie Zehra und ich es zu tun scheinen. Der gefährliche Gedanke schwebte durch seinen Kopf, bevor er ihn stoppen konnte.

»Ich ... habe Avery neulich bei seinen Aufgaben unterstützt. Es gab eine Auktion im Weißen Haus.«

Er wartete, um zu sehen, ob sie verstand, worauf er anspielte.

»Eine Auktion«, wiederholte sie, und ihr Gesicht wurde noch röter.

»Ja, und er hoffte, Männer zu finden, die bestimmte *Waren* kaufen. Ich habe versucht, eine dieser *Waren* zu retten, die sich derzeit in meinem Haus befindet, unter meinem Schutz.«

»Ich glaube, ich kann dir folgen«, sagte sie, ihr Tonfall war genauso ruhig wie der seine.

»Dieser *Artikel* ist sehr einsam und ehrlich gesagt sehr schön, nicht nur in Gesicht und Form, sondern auch im Kopf. Und ...« Er hielt inne, ließ jede Verstellung fallen und wappnete sich für die Ablehnung. »Könntest du mir helfen, kleine Freuden für sie zu organisieren? Sie wird nicht lange in England bleiben und würde gerne noch einen Ball besuchen, bevor sie abreist. Ich möchte sie glücklich machen. Nach allem, was sie durchgemacht hat, hat sie wenigstens das verdient.«

»Und du willst, dass ich dir dabei helfe? Wie genau?«

Sie hatte seine Idee nicht rundweg abgelehnt. Das war vielversprechend.

»Vielleicht könntest du mit, Lucien und ein paar andere irgendwann in dieser Woche zum Abendessen kommen, und wir könnten ein bisschen tanzen? Ich habe einen anständig großen Salon. Wir könnten

Stühle zurückschieben, und jemand könnte Klavier spielen.« Er klang hoffnungslos albern, aber sie lehnte seine Idee trotzdem nicht ab. »Ich weiß, es klingt schrecklich, aber ich schwöre dir, sie ist nicht das, was du erwartest, und sie ist ganz sicher keine ...« Er schluckte das Wort *Prostituierte* herunter. »Sie wurde gegen ihren Willen aus ihrem Haus geholt. Deshalb war Avery involviert. Ich ...« Er fuhr sich mit der Hand durch die Haare. »Bitte, ich *flehe* dich an.« Er griff nach ihren Händen und war bereit, mitten auf dem Ball der Raleighs auf die Knie zu gehen, Skandal hin oder her.

Sie lächelte. »Lawrence, bitte. Du musst dir keine Sorgen machen. Ich werde dir gerne helfen. Ich versuche lediglich zu entscheiden, wie ich am besten vorgehen soll. Ich sollte mit Emily sprechen und ...«

»Nein. Nicht Emily. Sie kann ich da nicht mit hineinziehen«, schaltete er sich ein. Wenn es jemals herauskäme, dass die Herzogin von Essex auf einem Ball gewesen war, der für eine gekaufte Frau organisiert worden war ... Er wollte die hübsche junge Dame nicht mit Zehras Situation in Verbindung bringen. Ganz zu schweigen davon, dass ihr Ehemann, der Herzog von Essex, ihn zu Brei schlagen würde, wenn Emilys Ruf geschädigt würde.

Horatias Augen funkelten. »Lawrence, du solltest inzwischen wissen, dass Emily tut, was ihr gefällt. Außerdem ist es ihr nicht fremd, dass sie gegen ihren

Willen entführt und festgehalten wird. Wenn überhaupt, dann hätten sie einander viel zu erzählen.«

Lawrence entspannte sich ein wenig und lächelte zu seiner eigenen Überraschung. »Wenn sie helfen möchte, dann würde ich das gerne annehmen. Aber du musst ihr die Situation in allen Einzelheiten erklären. Ich möchte Lord Essex nicht im Morgengrauen wegen eines Missverständnisses auf dem Feld gegenüberstehen«.

Sie kicherte. »Sei versichert, dass die Gesellschaft der rebellischen Damen an dem Fall dran ist.«

In diesem Moment kam Lucien mit finsterer Miene herüber. »Gesellschaft der rebellischen Damen? Liebling, sag mir nicht, dass du dir etwas gönnst, das dich in Schwierigkeiten bringt.« Luciens Augen waren auf Lawrence gerichtet, die Warnung ging eindeutig an ihn.

»Du musst dir keine Sorgen zu machen, das ist nicht deine Angelegenheit.« Sie legte ihren Arm in den von Lucien und lehnte sich an seine Seite. »Nun komm, du hast mir den nächsten Walzer versprochen.«

Luciens Blick wurde weicher, als er auf Horatia hinunterblickte. »Das habe ich.« Mit einem beruhigenden Lächeln für Lawrence führte Horatia Lucien auf die Tanzfläche.

Lawrence sah den beiden beim Walzertanzen zu, während er versuchte, gegen eine Welle der Melancholie anzukämpfen. *Zebra und ich werden nie auf diese Weise tanzen. Aber vielleicht kann sie ein kleines Maß an Freude haben, bevor sie mich für immer verlassen muss.*

Er schüttelte sich ein wenig. Seit wann war er ein romantischer Narr geworden?

»Ah, Lawrence! Da bist du ja!« Seine Mutter bahnte sich einen Weg durch eine Gruppe junger Männer, als sie ihn fand. »Du musst wirklich aufhören, dich so zu verstecken. Ich bin zu alt, um Verstecken zu spielen.«

»Hallo, Mutter.« Er seufzte, als Jane ihn erreichte. Fast eine Stunde lang hatte er es geschafft, nicht gesehen zu werden. Seine Mutter hielt einen Fächer in der Hand und schlug ihm damit kräftig auf die Schulter.

»Du hast noch nicht mit Miss Hunt getanzt. Ich weiß, dass du ihre Karte für den nächsten Tanz unterschrieben hast, also mach dich bereit.«

»Ja, Mutter«, sagte er knurrend und schritt an ihr vorbei auf eine Gruppe junger Damen zu. Miss Hunt, eine blonde Frau, unterhielt sich angeregt mit zwei ihrer Freundinnen, als er sich näherte. Sie verstummten alle, eine von ihnen mitten im Satz, wie ein aufgeschreckter Spatz.

»Miss Hunt.« Er machte eine elegante Verbeugung. »Der nächste Tanz gehört mir, glaube ich.« Die Freundinnen der jungen Frau zerstreuten sich und ließen sie allein zurück. Sie errötete und nahm seine Hand an. Sie gingen an den Rand der Menge und warteten, bis der Walzer zu Ende war.

»Ich weiß, warum Sie hier sind, Mr. Russell«, sagte sie mit gedämpfter Stimme.

Er hob eine Augenbraue, als sie beide klatschten, als der Walzer endete. »Wirklich?«

Miss Hunt gluckste. »Ihre Mutter und mein Vater sind beide davon überzeugt, dass wir gut zusammenpassen. Mein Vater will mich unbedingt verheiraten.« Sie blickte in seine Richtung, und er sah einen spekulativen Glanz in ihren Augen.

»Das ist nicht sehr überraschend. Ist die Ehe nicht das Ziel aller Frauen?«, stichelte er.

»Die meisten, da bin ich mir sicher, aber ich nicht«, antwortete sie mit verblüffender Ehrlichkeit.

»Oh?« Jetzt war er neugierig. »Und was ist Ihr Ziel, Miss Hunt?«

Dieses Mal war seine Tanzpartnerin weniger zuvorkommend und ihre Reaktion viel leiser. »Frei zu sein.« Die Heiterkeit in ihren Augen verblasste zu Melancholie.

Lawrence konnte nicht umhin, in dieser Frau ein Echo von Zehras Traum zu spüren. Sie war eine süße Frau, durchaus hübsch, und sie sollte sich amüsieren. Ein bisschen mehr Neckerei vielleicht, um ihr ein Lächeln zu entlocken? Er wollte nicht mit einer Frau tanzen, die so verzweifelt aussah.

»Ich bin also nicht ganz der Richtige, was? Zu groß und gutaussehend, nehme ich an?« Er blähte seine Brust in einer spöttischen Zurschaustellung von Stolz auf, als er ihr zum Tanz gegenüberstand. Sie kicherte, unterdrückte aber schnell das Geräusch, als die Damen neben ihnen sie anschauten. Als der Tanz begann, hüpften sie um die anderen Paare herum und kamen wieder zusammen, so dass Miss Hunt Zeit hatte, zu reagieren.

»Ich denke, Sie sind natürlich ein sehr schöner Mann, aber als Ehemann wahrscheinlich viel zu schwer zu zähmen. Außerdem würde meine Schwester ...« Sie nickte einer anderen Frau zu, die von einer Gruppe eifriger Männer umgeben war, die um ihre Aufmerksamkeit buhlten. »... Sie mir wegnehmen wollen, wenn sie glaubt, dass ich interessiert bin.«

Lawrence musterte die andere Frau. Es war ganz klar, dass sie die jüngere Schwester war, und ihrem strahlenden, hochmütigen Lächeln nach zu urteilen, zog sie es vor, im Mittelpunkt zu stehen.

»Suchen Sie also einen ruhigen, anständig aussehenden Mann, den sie nicht will?«, fragte er, als sie sich mit den anderen Paaren in eine Reihe stellten.

»Ja. Ein ruhiger, vernünftiger Mann, der mir keinen Ärger machen würde.«

Einen kurzen Moment lang verriet Miss Hunt ihre Gedanken, als sie errötete. Was auch immer Miss Hunt behauptete, sich in einem Mann zu wünschen, es war etwas ganz anderes als das, was sie tatsächlich wollte.

»Dann bin ich das sicher nicht. Ich bin auf jeden Fall *Ärger*.« Er grinste sie an, und sie schenkte ihm ein unvorsichtiges Lächeln. Sie setzten ihren Tanz in freundlichem Schweigen fort.

Als der Tanz endete, stellte er fest, dass er die Gesellschaft von Miss Hunt sehr genoss. Es war schade, dass sie nicht zueinander passten. Er beugte sich über ihre Hand, und sie beugte sich vor, um ihm etwas zuzuflüstern.

»Sie sollten zu ihr gehen«, sagte Miss Hunt.

»Wie bitte?«

Miss Hunt lächelte wissend. »Die Frau, an die Sie die ganze Zeit gedacht haben. Ich kann in Ihren Augen deutlich sehen, dass Sie abgelenkt sind. Ein gut aussehender Mann ist nur dann abgelenkt, wenn er an eine Frau denkt. Wenn es da draußen jemanden für Sie gibt, sollten Sie zu ihr gehen.«

»Aber ...« Er hatte seiner Mutter versprochen, ein paar Stunden zu bleiben.

»Gehen Sie, Mylord. Sie werden niemandem fehlen. Wenn ich Ihre Mutter sehe, werde ich ihr sagen, dass wir nicht zusammenpassen.«

Erleichterung machte sich in ihm breit. Er könnte zu Zehra zurückkehren und den Rest des Abends mit ihr verbringen.

»Vielen Dank, Miss Hunt, wirklich. Ich hoffe, Sie finden den vernünftigen, ruhigen Mann, den Sie suchen.«

»Ich danke Ihnen.« Miss Hunt wurde wieder rot. Lawrence blickte sich nur ein einziges Mal zu ihr um, als er den Ballsaal verließ. Sie stand da und sah ganz allein aus, und er empfand Mitleid mit ihr. Schließlich war sie ein hübsches Mädchen. Er hoffte, dass sie irgendwann denjenigen finden würde, der ihrer würdig war.

Als Lawrence den Ballsaal verlassen hatte, war er mehr als bereit, nach Hause zu gehen. Miss Hunt hatte völlig recht. Die ganze Nacht lang hatte er an Zehra gedacht. Sie war so offenkundig einsam, und er hatte es gehasst, sie an diesem Abend zurückzulassen. Er schlug seine Handschuhe gegen seine Handfläche, während er auf seine Kutsche wartete.

Doch als er einstieg, hatte er das seltsame Gefühl, beobachtet zu werden. Seine Nackenhaare sträubten sich, und er blickte sich um. Für einen Moment war er sich sicher, dass sich ein Schatten von der Mauer auf der anderen Straßenseite löste, aber als er sich nach vorne beugte, um genauer hinzusehen, war der Schatten verschwunden. Vielleicht war er nie da gewesen. Er war sich nicht sicher. Er ließ sich durch die dunklen Straßen fahren und behielt die Gehwege durch das kleine Fenster im Auge, obwohl er niemanden sah.

Aber das Gefühl, *beobachtet* zu werden, wollte nicht vergehen.

KAPITEL 8

Zehra blätterte die letzte Seite des Romans um, den sie an diesem Tag in Lawrence' Schlafzimmer gefunden hatte. Es war so wunderbar, eine fesselnde Lektüre zu finden. Sie hatte schon einige englische Romane gelesen, aber nie diese »Gothic«-Romane, wie Lawrence sie genannt hatte, denn die waren in Shiraz, ihrer Heimat, selten. Die Abenteuer von Lady Isabelle hatten sie eine Zeit lang von ihrer Einsamkeit abgelenkt, aber als sie das Klicken der sich öffnenden Tür hörte, machte ihr Herz einen Sprung.

»Zehra?« Lawrence' Stimme war leise, als ob er befürchtete, sie könnte schlafen.

»Ich bin hier.« Sie legte das Buch weg und stand auf, überrascht von ihrer Vorfreude, ihn wiederzusehen. Es war schwer zu erklären, aber jedes Mal, wenn sie ihn sah, war es, als würde er das Sonnenlicht in den Raum bringen, selbst wenn es Nacht war.

Er lächelte, als er sie entdeckte. »Ah, du bist wach. Ich dachte, du wärst vielleicht schon eingeschlafen. Es ist fast Mitternacht.«

Sie schüttelte den Kopf. »Ich bin müde. Aber ich konnte nicht zur Ruhe kommen.« Ihr Abend nach dem Essen war von Sorgen geplagt gewesen. Sie musste die Familie ihrer Mutter finden, hatte aber keine Möglichkeit, dies zu tun. Wenn sie Lawrence um Hilfe bitten würde, könnte sie ihn in Gefahr bringen, aber wenn sie es nicht tat, könnte sie ihre Familie in Gefahr bringen.

Al-Zahrani würde ihre Familie zweifellos schneller finden als sie, und er hatte seinem Begleiter im Bordell gesagt, dass er jeden töten würde, der sich zwischen ihn und Zehra stellte. Sie kämpfte gegen die Abscheu an, die sie bei dem Gedanken empfand, wieder unter der Kontrolle dieses bösen Mannes zu stehen. Die Dinge, die er ihr versprochen hatte, die Folterungen, die er ihr zufügen wollte, die Freuden, die er ihr nehmen würde, während er sie mit gebrochenem Herzen zurückließ ... Und sie wusste besser als jeder andere, wie einfallsreich Al-Zahrani sein konnte. Sich gegen ihn zu stellen, hieße, den eigenen Hals unter das Schwert zu legen.

Nein, sie konnte das Leben von niemandem in Gefahr bringen, was bedeutete, dass sie bei der Suche nach ihrer Familie vorsichtig sein musste, vorausgesetzt, es gab überhaupt noch eine Familie, nach der sie suchen konnte. Ihr Großvater hatte ihre Mutter immerhin enterbt, und es war durchaus möglich, dass er nicht wusste, dass sie existierte. Und selbst wenn er von ihr wusste, würde er sie vielleicht gar nicht wollen. Trotzdem wollte sie ihn nicht in Gefahr bringen, wenn Al-Zahrani das Haus ihres Großvaters beobachtete.

Lawrence kam auf sie zu, die Sorge stand ihm ins Gesicht geschrieben. »Was ist los? Du bist auf einmal ganz blass.« Er umfasste ihr Kinn, und sie lehnte sich in seinen Griff und wünschte sich, seine Stärke und sein Trost könnten all ihre Ängste vertreiben. Aber sie musste stark bleiben. Lawrence würde nicht immer da sein, um ihre Dämonen zu bekämpfen.

»Mir geht es gut, wirklich«, flüsterte sie und sah ihn an. Er neigte den Kopf, und seine Finger spielten mit einer losen Strähne ihres dunklen Haares.

»Du bist jetzt in Sicherheit, das verspreche ich dir. Du hast nichts zu befürchten.«

Sie biss sich auf die Lippe, bevor sie antwortete. »Nichts zu befürchten, bis unsere Woche vorbei ist und ich nach Persien zurückkehre.«

Der Schmerz, der in seinen Augen aufblitzte, spiegelte ihren eigenen Herzschmerz wider. Sie wollte England nicht verlassen, und die Gründe dafür schienen sich langsam zu häufen, wobei der wichtigste direkt vor ihrer Nase lag. Sie blickte auf seine breite Brust und die fein bestickte Weste hinunter, die er trug, und die mit wunderschönen Schwalben, in Silber- und Goldfäden gestickt, verziert war. Sie streckte ihre Hand aus und legte ihre Handfläche auf seine Brust, nicht um ihn wegzustoßen, sondern um sie zu verbinden. Seine Finger lösten sich aus ihrem Haar und legten sich um ihr Handgelenk, um ihre Hand an seine Brust zu drücken.

»Ich bin kein Gentleman, bei weitem nicht, aber ...« Er lächelte reumütig. »Ich möchte für dich da sein, mein Schatz, auf jede erdenkliche Weise.«

Sie konnte nicht widerstehen, ihn zu necken. »Wie edel von dir.«

Sein leises Kichern wirkte herrlich sündhaft. »Herr, alle werfen mir vor, dass ich auf einmal so verdammt edel bin. Ich bin ganz sicher alles andere als das. Wenn du in diesem Moment meine Gedanken lesen könntest ...«

»Oh?« Sie begegnete seinem Blick, und der Hunger in seinen Augen überraschte sie, doch statt sie zu erschrecken, erhitzte er ihr Blut und machte sie schwindelig, als hätte sie zu viel Glühwein getrunken.

»Für meine Gedanken würde ich wahrscheinlich eine Ohrfeige bekommen, und die hätte ich sicher verdient.«

Ein sinnliches Licht schien sich zwischen ihnen auszubreiten, als sie ihre Hand über seine Brust bewegte. Er beugte sich nur einen Zentimeter vor, als würde er seinem Verlangen kaum widerstehen können.

»Und was ist das genau, wofür du eine Ohrfeige bekommen würdest, frage ich mich?«, fragte sie mit atemloser Stimme, während sie darauf wartete, ob er ihr seine Gedanken gestehen würde.

»Ich packe dich im Nacken und küsse dich, *hart*.«

Ihr Atem ging stoßweise. »Aber du würdest es nicht dabei belassen ...«, drängte sie. »Das ist keine Ohrfeige wert. In der Tat vielleicht, aber nicht in Gedanken.«

»Nein, natürlich nicht. Aber ich würde gerade erst anfangen. Dann würde ich dich gegen die Wand drücken, deine Röcke hochschieben und mit meinen Fingern dafür sorgen, dass du auseinanderbrichst.« Seine Stimme war heiser und leise, mit einer köstlichen, gefährlichen Note, die sie erschaudern ließ.

»Ist das alles?« Sie stellte sich seine Fantasien als ihre eigenen vor und wünschte sich verzweifelt, dass ein Teil von ihm sein nobles Verhalten aufgeben und seinen Worten Taten folgen lassen würde.

»Dann, wenn du schwach und gesättigt bist, würden meine Hände deine weichen Pobacken umklammern und mein Mund an deinem Hals knabbern und saugen, bis keiner von uns mehr gehen kann. Dann würde ich in dich stoßen, dich hart gegen die Wand drücken und dafür sorgen, dass du den Sternenhimmel siehst.«

Seine Finger lagen noch immer um ihr Handgelenk. Während er sprach, streichelte er mit seinem Daumen über ihren Handrücken. Ein scharfer, sinnlicher Schmerz brannte tief in ihrem Bauch und zwischen ihren Schenkeln. Sie wollte, dass er das tat, sie wollte es so sehr, aber sie hatte Angst, dass es sie wollüstig und undamenhaft erscheinen lassen würde.

»Ich ...« Sie rang nach Worten. Er hatte sicherlich

alles gesagt, was sie zu hören wünschte, und noch mehr. Mit einem verschämten Lächeln streckte sie ihre freie Hand aus und tätschelte ihm einmal sanft die Wange. »Klaps.«

Eine Sekunde lang starrte er sie schockiert an, dann brach er in ein Grinsen aus, als ob er verstanden hätte, dass sie ihn damit aufziehen wollte.

Er ließ ihre Hand los. »Aber du brauchst dir keine Sorgen zu machen. Ich kann mich beherrschen.« Er räusperte sich und blickte dann zu seinem Bett. »Du solltest schlafen. Nach all dem, was passiert ist, brauchst du jetzt Ruhe.« Er gab ihr ein Zeichen, ihm zur Tür zu folgen. »Lass mich dich in deine Gemächer bringen. Die Dienstmädchen sollten das Zimmer für dich bereit gemacht haben.«

War er dabei, sie wegzustoßen? Hatte er ihre Ohrfeige als Warnung und nicht als Einladung missverstanden? Sie war der Meinung gewesen, dass er verstehen würde, dass sie seine Annäherungsversuche willkommen hieß. Vielleicht wollte er sie nicht so sehr, wie sie ihn wollte. Er konnte schöne Worte auf skandalöse Weise sagen, aber vielleicht war es ein Spiel und er meinte nichts davon wirklich ernst. Der Gedanke lastete schwer auf ihr. Alles, was sie jetzt wollte, war Lawrence. Er war ihre einzige Chance auf ein kleines bisschen Glück, bevor sie auf ein Schiff gesetzt und in eine ungewisse Zukunft geschickt wurde.

Er führte sie in ein hübsches Schlafzimmer am Ende

des Flurs mit blauen Satinwänden und einem zierlichen Bett aus Walnussholz mit weißen Seidenlaken. Es war eindeutig ein Zimmer, das für eine Frau bestimmt war. Sie konnte nicht umhin, sich zu fragen, wie viele andere vor ihr hier gewesen waren. Ein Mann mit seinem Gesicht und seinem Körper würde niemals allein schlafen.

Warum will er mich dann nicht? Alles, was sie ihm noch zu geben hatte, war sie selbst, und er wollte sie nicht. *Vielleicht will er mich nach allem, was passiert ist, nicht ausnutzen?* Sie konnte sich nicht auf ihn stürzen, das war nicht richtig, aber sie hatte gehofft, er würde verstehen, dass sie wollte, dass er sie nahm, dass er ihr Freude bereitete ... aber sie hatte Angst, ihn darum zu bitten. Was auch immer zwischen ihnen geschah, sie wollte, dass es aus gegenseitiger Sehnsucht geboren wurde, nicht aus einem Gefühl der Verpflichtung.

»Ich werde das Dienstmädchen rufen, damit sie dir hilft, dich bettfertig zu machen.« Lawrence verweilte in der Tür, den Kopf leicht gesenkt, als wäre er plötzlich schüchtern. »Das Wetter wird morgen während unseres Picknicks wahrscheinlich schön sein. Wir könnten in einem Gasthaus übernachten, wenn du nicht vor Einbruch der Dunkelheit in die Stadt zurückkehren willst.«

»Was ist ein Picknick?«, fragte sie, nicht sicher, was das Wort bedeutete. Als er es zuvor erwähnt hatte, hatte sie nicht daran gedacht, ihn danach zu fragen.

Ein Lächeln umspielte seine Lippen. »Wir liegen auf Decken im Schatten auf der Spitze eines großen Hügels und füttern uns gegenseitig mit Leckerbissen.« Er klammerte sich an den Türpfosten, seine Wangen färbten sich ähnlich rot wie sein Haar. »Wenn du nicht sicher bist, ob dir das gefallen würde, können wir auch hier bleiben und ...«

»Nein!« Sie beeilte sich, ihn aufzuhalten. »Ich finde, das klingt wunderbar.« Die Hoffnung stieg wieder in ihr auf. Dieses Picknick klang romantisch, und Romantik war das, was sie wollte.

»Gut.« Lawrence wirkte immer noch etwas schüchtern, aber jetzt selbstbewusster. »Ruh dich heute Abend etwas aus. Wir werden gleich nach dem Frühstück nach Richmond aufbrechen.«

Nachdem er die Tür geschlossen hatte, ließ sie sich in einen Stuhl am Kamin sinken. Bisher hatte sie die Einsamkeit zu schätzen gewusst, aber seit sie in jener Nacht aufgewacht war, mit den Schreien und dem Blut und dem brennenden Palast, konnte sie nicht mehr lange allein sein. Zehra stand auf und ging zur Tür, wich aber überrascht zurück, als ein fröhliches junges Mädchen eintrat.

»Guten Abend, Miss. Der Herr sagte, Sie sind bereit fürs Bett? Mein Name ist Eva.« Durch ihr strahlendes Lächeln fühlte sich Zehra sofort wie zu Hause.

»Ja, danke, Eva.« Sie drehte dem Dienstmädchen den Rücken zu, das Zehra das Kleid aufknöpfte und ihr beim

Aussteigen half. Dann zog sie die Korsetts und den Rest ihrer Unterwäsche aus, während das Dienstmädchen eines der teuren Nachthemden holte, die Lawrence gekauft hatte.

»So ein schönes Stück Stoff«, sagte Eva, als ihre Finger das Nachthemd berührten. Sie wurde rot, als sie sah, dass Zehra sie beobachtete. »Tut mir leid, Miss.«

Zehra wollte nicht, dass das Dienstmädchen schüchtern war - sie wollte jede Freundin haben, die sie bekommen konnte. »Er hat einen exquisiten Geschmack, nicht wahr?«, sagte Zehra, während auch sie über den zarten Stoff strich.

»In der Tat«, sagte Eva. »Er hat einen guten Geschmack bei fast allem.« Das Dienstmädchen kicherte, als sie Zehra anschaute und dann heftig errötete. »Verzeihen Sie, Miss. Ich wollte nicht andeuten ...«

Zehra lachte mit ihr. »Das ist in Ordnung. Sagen Sie mir, Eva, bringt Mr. Russell viele Frauen hierher?« Sie wusste, dass es ein Risiko war, eine solche Frage zu stellen, aber sie musste mehr über ihn erfahren. In Wahrheit musste sie wissen, ob sie nur eine von vielen war, die seinem Charme und seiner Süße verfallen war. *Mache ich mir etwas vor?*

»Er hat ein paar Damen mitgebracht, Mätressen natürlich, aber nicht in letzter Zeit. Normalerweise bleiben sie bis kurz nach Sonnenaufgang in seinen Gemächern und gehen dann.«

»Aber dieses Zimmer ... Es ist sehr feminin. Ich dachte, vielleicht hält er seine Geliebten hier.«

Eva hob das Nachthemd an, damit Zehra es über ihren Kopf fallen lassen und ihre Arme durch die Ärmel schieben konnte. Der weiche Stoff flüsterte über ihre Haut, während er an ihrem Körper hinunterfloss.

»Dieses Zimmer? Dieses Zimmer wird von der Mutter oder der Schwester des Herrn benutzt, wenn sie zu Besuch kommen.«

Erleichterung durchströmte sie, als sie hörte, dass dieses Zimmer nicht für Lawrences Geliebte bestimmt war. Doch gleichzeitig gefiel ihr der Gedanke nicht, dass er sie von sich fernhielt, obwohl sie ihm gesagt hatte, dass sie mit ihm zusammen sein wollte. »Und wie sind sie so? Seine Mutter und seine Schwester?«

Eva kicherte und winkte Zehra, sich auf den Stuhl neben dem vergoldeten Frisiertisch zu setzen. Das Dienstmädchen entfernte geschickt die Nadeln aus Zehras Frisur. Zehras dunkle Locken fielen ihr in sanften Naturwellen über Schultern und Rücken.

»Die Mutter des Herrn ist eine furiose Dame.«

»Wie das?«, fragte Zehra.

Ein schelmisches Glitzern erschien in den Augen der anderen Frau, und Zehra spürte, dass hinter dem Kompliment des Dienstmädchens mehr steckte, als die Worte vermuten ließen.

»Sie ist die Mutter von vier Jungen, die alle Ärger machen.« Eva kicherte. »Sie muss eine sehr beeindruckende und kluge Frau sein, um zu überleben, wenn sie diese Jungs großziehen muss.«

Zehra fuhr sich mit den Fingern durchs Haar und lächelte. »Vier Jungen. Was für eine Herausforderung.«

»In der Tat.« Eva kämmte Zehras Haar sanft mit einer silbernen Bürste, bis alle Knoten ausgekämmt waren. Das sanfte Geräusch der Bürste war wunderbar, und sie schloss für einen langen Moment die Augen und genoss den einfachen Komfort, den es ihr verschaffte.

»Miss, ich hoffe, es stört Sie nicht, dass ich so kühn bin, zu sprechen ...«

Zehra öffnete ihre Augen. »Nein, ganz und gar nicht. Bitte, sagen Sie, was Sie sagen wollen.«

Eva legte die Bürste ab, deren Griff im schummrigen Licht schimmerte.

»Sie werden nett zu ihm sein, oder?«

Zehra legte ihren Kopf schief. »Freundlich zu ihm sein? Er ist es, der sich mir gegenüber freundlich verhält. Warum sollte ich es nicht zurückgeben?«

Evas Wangen waren rosa, aber sie fuhr fort. »Ich wollte nicht das Gegenteil behaupten, Miss. Er ist ein guter Mensch, auch wenn er so tut, als wäre er es nicht. Nur wir, das Personal, *wissen*, wie er wirklich ist. Er kommt nach seinem ältesten Bruder, dem Marquess of Rochester. Er tut so dreist und frech, verführerisch und gefährlich, aber das ist er nicht, nicht wirklich, wenn Sie verstehen, was ich meine, Miss. Er hat ein Herz aus Gold, aber das sehen die Leute nicht immer. Er wird übergangen, wenn seine Brüder da sind, weil er das mittlere Kind unter so vielen ist. Ich glaube ... ich glaube, er ist einsam, und das macht ihn aus Verzweiflung ein bisschen wild, verstehen Sie?«

Evas Worte trafen Zehra mitten ins Herz. Sie war das einzige Kind ihrer Eltern, und sie wusste, dass sie sich glücklich schätzen konnte, nie übersehen worden zu sein. Dennoch hatte sie sich im Laufe der Jahre nach der Gesellschaft eines Bruders oder einer Schwester gesehnt und hätte die Liebe und Zuneigung ihrer Eltern gerne geteilt, um mehr Familie zu haben.

»Ich glaube, ich verstehe.« Sie lächelte Eva an. Das Dienstmädchen klopfte ihr auf die Schultern. Zehra sehnte sich danach, den Mann, der sie gerettet hatte, zu trösten. Nicht nur, weil er sie gerettet hatte oder weil sie ihn attraktiv fand, sondern weil sie sich wirklich wünschte, ihn so glücklich zu machen, wie sie es war, wenn sie mit ihm zusammen war.

»Beunruhigt Sie etwas, Miss?«, fragte Eva.

»Nein ...« Sie zögerte. »Nein, das ist nicht wahr. Ich mache mir Sorgen, dass er nicht ...« Ihre Stimme verstummte, ihr Gesicht erhitzte sich, und sie bedeckte ihre Wangen mit den Händen. »Ich mag Mr. Russell sehr, aber ich fürchte, er hat nicht das gleiche Interesse an mir.«

Da, sie hatte es gesagt, und Eva hatte sie nicht ausgelacht oder angewidert angeschaut.

»Oh, er mag Sie - *darüber* würde ich mir keine Sorgen

machen«, sagte das Mädchen mit einem schelmischen Grinsen. Es war, als könne Eva ihre Gedanken lesen.

»Glauben Sie das?«

Ein Teil von Evas blassgoldenem Haar löste sich aus ihrer Kappe, und sie steckte es wieder darunter. »Oh ja, Miss. George, der Kammerdiener des Herrn, sagte, der Herr habe die ganze Zeit gesummt, während er sich heute Morgen auf sein Bad vorbereitete. Das hat er noch nie getan. Ich glaube, er will sich um Sie kümmern, mehr als er sich jemals um jemanden gekümmert hat. Nicht einmal seine Mutter und seine Schwester werden mit einer solchen Sorge um ihr Wohlergehen behandelt.«

Sie konnte nicht anders, als sich bei dem Gedanken ein wenig zu freuen, während Eva das Bett für sie aufschlug. Doch dann wurde ein Schatten auf ihre Freude geworfen. Was wäre, wenn er nur aus einem Gefühl der Nächstenliebe heraus gehandelt hätte? Sie wollte nicht, dass er sie als Haustier betrachtete, das gepflegt werden musste, oder als Bettlerin, die man bemitleiden musste. Wie konnte sie ihn dazu bringen, seine wahren Gefühle zu zeigen?

»Brauchen Sie sonst noch etwas, Miss?«, fragte Eva, während sie die Laken auf dem Bett umschlug.

»Nein, danke.«

Das Dienstmädchen schlüpfte aus dem Zimmer, und Zehra holte einen neuen Roman vom Tisch neben dem Kamin, bevor sie ins Bett kletterte. Sie fühlte sich etwas besser, wünschte sich aber immer noch, sie hätte heute

Abend in Lawrence' Armen liegen können. Zehra schloss die Augen, und das Buch fiel ihr auf den Schoß, ohne dass sie ein Wort gelesen hatte. Sie begann, in süße Träume zu versinken, in denen sie Lawrence küsste. Alle Gedanken an Blutvergießen und Schmerz waren für diese Nacht verschwunden.

Morgen werde ich ihn davon überzeugen, dass ich ihn will, und vielleicht will er mich zurück, weil er mich wirklich begehrt. Ich muss ihn nur davon überzeugen, dass ich einen Schurken und keinen Gentleman will.

KAPITEL 9

Zehra konnte sich ein Lachen nicht verkneifen, als Lawrence sich bemühte, eine Decke auf das weiche, kühle Gras zu legen. Eine leichte Brise ließ den Stoff immer wieder in eine ungewollte Lage flattern, statt sich ordentlich zu benehmen und flach auf dem Boden zu liegen.

»Hier, lass mich.« Sie ergriff die beiden freien Zipfel der Decke, und gemeinsam gelang es ihnen, sie herunterzuziehen.

»Ah! Geht doch.« Lawrence half Zehra, neben ihm Platz zu nehmen. Nachdem er Platz genommen hatte, öffnete er den Weidenkorb, den seine Küche vorbereitet hatte. Sie nutzte die Gelegenheit, ihn zu beobachten, wie er das Essen aus dem Korb holte und auf die Decke legte. Er kniete neben ihr, und sie bewunderte seine kräftigen Oberschenkel, die durch die Enge seiner Hose in seiner jetzigen Position hervorgehoben wurden.

Zehra war fasziniert von der Art, wie sein dunkles Haar das Sonnenlicht auf dem Hügel reflektierte. Goldener Bernstein glitzerte und funkelte in den Strähnen. Sie hatte noch nie einen Mann mit einer solchen Haarfarbe gesehen. Jetzt, da der Schock über das Erlebte endlich abgeklungen war, begann sie, den ungewöhnlichen Aspekten seiner Erscheinung mehr Aufmerksamkeit zu schenken.

»Was?«, fragte Lawrence. Seine haselnussbraunen Augen suchten ihr Gesicht ab, als er merkte, dass sie ihn beobachtete. Sie saßen nur wenige Zentimeter voneinander entfernt, und eine unsichtbare Energie schien zwischen ihnen zu wirken.

»Dein Haar.« Ohne nachzudenken, griff sie nach oben und strich mit den Fingern hindurch.

Ein Lächeln umspielte Lawrence' Lippen. »Was ist mit meinen Haaren?«

Als sie merkte, dass sie ihn immer noch berührte, ließ sie die Hände in den Schoß fallen und wurde rot. »Ich habe diesen Farbton noch nie gesehen. Die Farbe ist auffallend.«

»Gibt es keine Ingwerköpfe, wo du herkommst?« Sein reiches Lachen erwärmte sie bis ins Innerste.

»Ingwer?« Sie kicherte. »Du meinst, wie die Wurzel? Was hat das mit deinem Haar zu tun?«

»Ich bin ein Ingwerkopf. So nennen wir die Rothaarigen.« Er kämmte mit den Fingern durch die Strähnen und lächelte. Es war die Art von sanftem Lächeln, die sie an ihren Vater und an ihr Zuhause erinnerte. Ein Lächeln, das sanft, verspielt und offen war, aber nur für denjenigen, der das Glück hatte, es zu sehen.

Sie begann, ihren süßen, verführerischen Retter mehr und mehr zu verstehen, indem sie mit ihm sprach und ihn beobachtete. In mancher Hinsicht war er wie ihr Vater, ruhig, intensiv, aber in den richtigen Momenten, wenn er sich öffnete, war es, als würde die Sonne nie aufhören, auf sie herab zu scheinen. Sie schüttelte den Kopf, um das plötzliche Aufflackern des Schmerzes bei der Erinnerung zu vertreiben. Stattdessen konzentrierte sie sich auf Lawrence und darauf, wie er sie zum Lächeln brachte.

»Ihr Engländer und eure dummen Worte.«

»Wir haben viele dumme Wörter, aber ich verspreche, keins an dich zu verschwenden, es sei denn, du willst es.« Er zwinkerte ihr zu und reichte ihr einen Teller, auf dem er verschiedenen kalten Aufschnitt und Obst arrangiert hatte, bevor er ihr ein Glas Limonade einschenkte.

Sie aßen schweigend, aber sie fand, dass es ihr gefiel. Das leise Zwitschern entfernter Vögel in den Bäumen.

»Was ist das für ein Vogel?«, fragte sie.

Lawrence spitzte ein Ohr in Richtung der Bäume. »Das ist eine Lerche.«

Zehra hörte es sich noch einmal an. »Es ist anders als die Lerchen, die ich kenne.«

»Ich nehme an, das muss auch so sein. Dein Zuhause ist über zweitausend Meilen entfernt.«

Sie hatte gewusst, wie weit sie gereist war, und doch erschien ihr dieses Land jetzt noch wundersamer und exotischer. Hier war es friedlich und befreiend. Sie waren ohne Pferde oder Kutsche hergekommen und hatten sich einen Platz auf dem Hügel ausgesucht, weit weg von den anderen Paaren, die heute wahrscheinlich picknicken würden. Es war, als wären sie beide allein in dieser fremden Welt. Ihre Augen trafen seine, bevor sie sich von ihm entfernte.

Er gluckste. »So schüchtern, Miss Darzi?«

»So kühn, Mr. Russell?«, erwiderte sie ebenso schnell, was ihm ein tiefes Lachen entlockte.

»Denkst du immer noch an all die bösen Dinge, von denen ich sagte, dass ich sie dir antun möchte?« Er rutschte einen Zentimeter näher an sie heran, ihre Röcke streiften sein Knie. Sie lehnte sich vor, ihr Puls raste. Sie war sich nur allzu bewusst, dass es, wenn sie hier ihrer Leidenschaft nachgeben würden, wahrscheinlich ungesehen bleiben würde.

»Vielleicht«, flüsterte sie, und ihr Gesicht wurde heiß.

»Gut.« Er fuhr mit einer Fingerspitze über die gemusterte Seide des Kleides an ihrem Knöchel, spielte mit dem Saum und hob den Stoff ein paar Zentimeter an. Ihr Atem beschleunigte sich, und er nahm seine Finger weg und ließ das Tuch wieder an seinen Platz fallen, sehr zu ihrer Enttäuschung. Lawrence schien genau zu wissen, wie er mit ihr spielen konnte, so wie eine Katze mit einer Maus. Sie wollte ihn, doch er weigerte sich, über skandalöse Neckereien hinauszugehen.

»Vermisst du Persien?«, fragte Lawrence, als sie mit dem Essen fertig waren.

»Ich vermisse ...« Sie zögerte und versuchte, genau auszudrücken, welche Gefühle in ihrem Herzen wohnten. Sie hatte keine Zeit gehabt, sich bewusst zu machen, dass sie Shiraz vermisste, denn in den letzten Wochen war alles ein schrecklicher Wirbelwind gewesen. Es dauerte einen Moment, bis sie ihre Gedanken soweit gesammelt hatte, dass sie antworten konnte.

»Ich vermisse das Gefühl, zu Hause zu sein, das Gefühl, dazuzugehören. Ich gehöre nicht nach England.«

»Heimat ist eine wichtige Sache. Mein ältester Bruder Lucien hat unser Familiengut in Kent, und es ist in vielerlei Hinsicht mein Zuhause, aber ...« Sein Blick wurde distanziert.

»Aber was?«

Lawrence pflückte ein Maiglöckchen aus dem Gras in der Nähe und strich mit den Fingern über die Blütenblätter. »Die Erinnerung an meinen Vater ist überall in diesem Haus.«

»Du hast deinen Vater nicht geliebt?«

Er schaute weg. »Ganz im Gegenteil. Ich habe ihn sehr geliebt. Er starb, als ich noch ein kleiner Junge war. Es brach meiner Mutter das Herz und verwüstete unsere Familie. Er machte Rochester Hall zu unserem Zuhause, und in jedem Raum ist er noch immer präsent. Manchmal ist es zu schmerzhaft, um zurückzugehen.«

Zehra streckte die Hand aus und berührte ihn. »Orte sammeln Erinnerungen, so wie Menschen sie sammeln. Böse oder gut. Man sollte nie Angst vor einem Haus haben, das Liebe in seinen Steinen trägt. Man sollte es annehmen.«

Sie dachte an ihr eigenes Zuhause, das Ozeane entfernt war, und daran, wie sehr das Böse jetzt an ihm haftete. Sie würde nie wieder dorthin zurückkehren, egal was passieren würde. Ihre Mutter hatte ihr beigebracht, die Liebe in ihrem Herzen über alles andere zu stellen. Es fiel ihr schwer, wenn sie daran dachte, dass ihre Eltern verraten und ermordet worden waren. Für einen Moment wurde sie in die Dunkelheit zurückgesaugt, wo Rauch und Blut sie zu ersticken drohten.

Lawrence räusperte sich. »Picknicks sollten etwas Angenehmes sein, und ich vermassle es, nicht wahr?« Sein reumütiges Lächeln zerrte an ihrem Herzen, als er ihr mit großer Geste die gepflückte Blume überreichte.

Zehra nahm die Blume und ließ den Stiel zwischen ihren Fingern tanzen. Sie lächelte, legte sich zurück auf die Decke und beobachtete die Wolken, die sich über ihr formten. Sie hörte das Rascheln von Stoff und spürte, wie Lawrence sich neben ihr niederließ. Sie sah ihn an, als er sein Kinn auf eine Hand stützte und sie anschaute. Seine Augen waren rätselhaft, aber der sinnliche Schwung seiner Lippen ließ sie hoffen, dass er ihr endlich einen Vorgeschmack auf all das Vergnügen geben würde, mit dem er sie geneckt hatte.

Sie wusste so wenig über ihn, und doch fühlte sie sich ihm auf eine Weise nahe, wie sie es bei niemandem sonst getan hatte. Zwischen ihnen herrschte eine stille, intensive Vertrautheit, die nicht zu erschüttern war.

»Wärst du wütend, wenn ich dir einen Kuss klauen würde?«, fragte er.

Sie wusste, warum er auf diese Weise gefragt hatte. Das war der Mann, der sie gerettet hatte. Sie war ihm eine Ehrenschuld schuldig, doch er wollte ihre Zuneigung nicht, wenn sie aus einer Verpflichtung heraus geboren wurde. Aber das, was zwischen ihnen wuchs, war nicht Teil dieser Schuld, jedenfalls nicht für sie. Sie *wollte*, dass er sie küsste, wollte, dass er so viel mehr tat.

Zehra biss sich auf die Lippe, bevor sie antwortete. »Ich wäre wütend, wenn du es nicht tun würdest.«

Er beugte sich vor, legte eine Hand auf ihre Hüfte und senkte sein Gesicht an ihres. Sie waren nur Zentimeter voneinander entfernt, und ein Hauch von Lächeln umspielte seine Augenwinkel. Sie schloss die Augen, kurz bevor er sie küsste.

Sein Mund bewegte sich träge über den ihren, als ob

er sie schmecken würde. Auf seiner Zunge lag noch ein Hauch von Süße von den Erdbeeren, die sie gegessen hatten. Zehra schlang einen Arm um seinen Hals und fuhr mit den Fingern durch sein Haar im Nacken. Lawrence vertiefte den Kuss, wodurch ihr Kopf leicht wurde und ihr Körper zitterte.

Als seine Lippen zu ihrem Hals wanderten, war sie froh, dass die Modistin tief ausgeschnittene Kleider für sie angefertigt hatte, denn sie wollte, dass Lawrence sie *überall* küsste. Ihr Atem stockte, als er seine Hand von ihrer Taille nach oben gleiten ließ, um sanft eine ihrer Brüste unter dem Kleid zu kneten. Obwohl ihre Kleidung eine Barriere für seine Berührung darstellte, wurden ihre Brüste schwer und ihre Brustwarze kribbelte unter seinem Daumen.

Wie würde es sich anfühlen, seinen Mund auf ihrer Haut zu spüren? Auf ihren Brüsten? Sie stöhnte auf, als er an ihrem Schlüsselbein knabberte, bevor sein Mund wieder den ihren suchte. Zehra war sich nicht sicher, wie lange sie dort lagen und sich küssten, bis ein kalter Wind sie neckte und sie plötzlich fröstelte. Sie und Lawrence trennten sich und schauten sich auf der Wiese auf dem Hügel um. Die Sonne war unter einer dicken Wolkendecke versunken, und am Horizont zeichnete sich Regen ab. Sie konnte die neblige Wand sehen, die über die fernen Hügel und die Stadt Richmond hinwegzog.

»Verdammt«, murmelte Lawrence, setzte sich auf und

griff hastig nach dem Picknickkorb. »Wir müssen gehen. Du wirst dir den Tod holen, wenn du nass wirst.«

Sie erhob sich und faltete die Decke zusammen, während er den Picknickkorb packte. Sie eilten so schnell sie konnten den Hügel hinunter, aber sie konnten dem Regen nicht davonlaufen, so sehr sie es auch versuchten. Das eiskalte Wasser durchnässte bald ihre Kleidung. Das hohe Gras klebte an ihren Beinen und machte es ihr schwer, zu gehen, wenn sich ihr Kleid im Gras verfing. Lawrence hielt die Griffe ihres Korbes mit einer Hand fest und streckte die freie Hand aus, um ihre zu halten. Sie stolperten hinunter zum Fuß des Hügels und auf die kleine schlammige Straße.

»Zehra, es tut mir leid, ich hätte den Wagen hier auf uns warten lassen sollen, anstatt zu laufen«, sagte Lawrence, während sie den wachsenden Pfützen auswichen. Ihre Füße fingen an zu schmerzen, da sie die schwarzen Wanderstiefel, die sie trug, nicht gewohnt war.

»Mir geht es gut«, versicherte sie ihm und lachte. Das alles hatte etwas herrlich Lächerliches an sich.

Sie waren schon zehn Minuten unterwegs, als sie das Rattern der Räder auf der Straße hörten. Sie drehten sich um und sahen einen Bauern auf dem Sitz eines offenen Wagens, den zwei Pferde zogen.

»He da!« Lawrence ließ Zehras Hand los und winkte den Bauern zu sich. Der schmächtige Mann zog an den Zügeln, und die Pferde blieben stehen.

Der Regen tropfte von dem breitkrempigen Hut des Bauern, der von seinem Sitzplatz aus nach unten blickte. »Verlaufen?«

»Verlaufen? Nein, aber wir brauchen dringend eine Mitfahrgelegenheit ins Dorf.« Lawrence deutete auf eine entfernte Ansammlung von Gebäuden, wo am Rande von Richmond ein kleines Gasthaus stand.

»Ich glaube, ich kann helfen. Steigen Sie hinten auf.« Der Bauer nickte über seine Schulter dem Wagen zu.

Lawrence führte Zehra hinüber, und sie half ihm, den Korb und die Decke weiter hinten im Wagen zu befestigen, bevor er sie um die Taille fasste und hochhob. Als Lawrence neben sie kletterte, legte sie ihren Arm um ihn. Als sich der Wagen in Bewegung setzte, lehnte sie sich an ihn und legte ihren Kopf auf seine Schulter.

»Wir bringen dich rein und wärmen dich auf, das verspreche ich.«

»Ich weiß, dass du das tun wirst.« Sie neigte ihren Kopf, um einen sanften Kuss auf seinen Hals zu legen. In diesem Moment war ihr der Regen egal, es war ihr egal, ob sie sich erkältete.

Ich könnte für immer hier bei ihm bleiben.

Als sie das kleine Dorf erreichten, war sie halb erfroren. Lawrence rief dem Bauern ein Dankeschön zu und warf ihm ein paar Schillinge zu, bevor er mit Zehra in Richtung des White Hart Inn ging. Zehra folgte Lawrence nach drinnen und fröstelte, als sie auf den Gastwirt zutraten.

»Ist ein Zimmer für mich und meine Frau frei?«, fragte Lawrence.

Zehra blinzelte schockiert, als sie Lawrence' Frau genannt wurde, aber sie wusste, dass er das tun musste, um einen Skandal zu vermeiden, und dafür war sie dankbar.

Der korpulente Herr gluckste. »Picknick ruiniert? Sie sind nicht der Erste. Alle möglichen Jungs und Mädels kamen hierher und waren bis auf die Knochen durchnässt. Zum Glück habe ich noch ein Zimmer frei.« Der Mann, dessen Akzent eindeutig irisch war, holte einen einzelnen Messingschlüssel hervor, der am letzten Pflock an der Wand hing, und übergab ihn.

»Ich danke Ihnen. Könnten wir zwei warme Mahlzeiten und ein Bad vorbereiten lassen?«

»Selbstverständlich.« Der Gastwirt pfiff zwei jungen Burschen hinter der Theke zu. »Geht mit dem Gentleman und der Lady hinauf in Zimmer vier und macht ihnen etwas Wasser heiß.«

Die Jungen drängelten sich wie Welpen, um vor Zehra und Lawrence die Treppe hinaufzukommen. Als Lawrence die Tür öffnete, stürmten die Jungen hinein und holten mehrere große Eimer aus einem Schrank, dann rannten sie wieder nach unten. Zehra ließ sich auf dem Stuhl am kalten Kamin nieder und wünschte sich die Wärme der Flammen. Lawrence machte einen verärgerten Gesichtsausdruck.

»Ich würde dich ja mit ein paar Decken zudecken,

aber das würde die Decken nur durchnässen, und wir brauchen die, damit das Bett warm bleibt - wenn du über Nacht bleiben willst, meine ich.« Er beobachtete sie, als würde er darauf warten, dass sie sein Angebot ablehnte.

Sie nickte und versuchte, das Flattern in ihrem Magen zu ignorieren, als er »unser Bett« sagte. Sie würden sich ein Bett teilen und die Nacht hier verbringen, so viel war klar. Es war schon zu spät am Tag, und der Regen würde das Reisen unangenehm machen. Er kam zu ihrem Stuhl herüber und hielt ihr die Hände hin. Sie nahm sie, und er hob sie auf die Beine, setzte sich auf ihren Stuhl, zog sie auf seinen Schoß, schlang seine Arme um sie und zog sie zu sich heran. Er war genauso nass wie sie, aber sie vergrub sich in ihm und stahl so viel Wärme wie möglich.

Zehra spielte mit ihren Fingern an seinen Haarspitzen, während sie ihr Gesicht an seinen Hals schmiegte. »Ich möchte hier bleiben.« Sie wollte Lawrence ganz für sich allein haben und ihn nicht mit dem teilen, was sie in London erwartete - die Angst, nach Hause geschickt zu werden, die Angst, dass Al-Zahrani immer noch frei herumlaufen könnte, die Angst, für immer allein zu sein. Lawrence umfasste ihr Gesicht und lehnte sich an sie, so dass sich ihre Nasen berührten. Seine haselnussbraunen Augen zogen sie in ihren Bann, und sie sah, wie sich grünes Funkeln mit dem Hellbraun vermischte.

»Da sind wieder diese Schatten in deinen Augen. Ich

wünschte, ich wüsste, wie man sie loswerden kann.« Sein Atem war warm, während er sprach, und sie sehnte sich danach, dass er sie küsste. Ihre Lippen waren nur wenige Zentimeter voneinander entfernt.

Bitte küss mich. Vertreibe die Dunkelheit.

Zehra leckte sich über die Lippen, und Lawrence kam näher, aber die Tür öffnete sich wieder, als die Jungen mit heißem Wasser zurückkamen. Sie und Lawrence sahen amüsiert zu, wie sie mehrfach eilig hin- und herrannten und die Wanne füllten. Als sie fertig waren, steckte Lawrence den beiden ein paar Münzen zu, woraufhin ihre Augen so rund wie Untertassen wurden.

Zehra lächelte, und Lawrence wurde sich bewusst, dass sie ihn aufmerksam betrachtete.

»Was?«, fragte er.

»Du bist sehr großzügig«, sagte sie.

Lawrence zuckte mit den Schultern. »Mein Vater hat mir beigebracht, dass es eine Pflicht und ein Privileg ist, denen, die nicht so viel haben, etwas zu geben, wenn man das Glück hat, viel zu besitzen. Wenn ein Bauer uns bei einem Sturm mitnimmt oder die Jungs schwere Eimer schleppen, fühle ich mich verpflichtet, etwas mehr als nur Dankbarkeit zurückzugeben.«

»Ich wünschte, ich hätte deinen Vater kennenlernen können«, sagte sie, und ihr Herz wurde weich, als sie sich Lawrence als kleinen Jungen vorstellte, der von ihm Freundlichkeit lernte.

Sein trauriges Lächeln zerriss ihr das Herz. »Ich wünschte das auch. Er hätte dich gemocht.« Er drückte ihr sanft die Taille, hob sie dann hoch und stellte sie auf die Füße. Ohne zu fragen, begann er, ihr Kleid am Rücken aufzuknöpfen.

»Wie war dein Vater?«, fragte er.

»Er war freundlich und humorvoll. Er hat meine Mutter immer zum Lachen gebracht.« Sie schloss die Augen und erinnerte sich an das Lachen ihrer Eltern. Aber die Geräusche waren undeutlich und nicht mehr so klar wie früher. Ihre Erinnerungen an sie - die Art, wie sie lächelten, ihre Stimmen, *alles* an ihnen - hatten begonnen zu verblassen. Doch die Erinnerung an die leblosen Körper und die fernen Schreie, die durch Rauch und gespenstische Stille drangen, hatten sich deutlich in ihren Geist eingebrannt.

Zehra zwang sich, sich auf das Leben ihres Vaters zu konzentrieren, nicht auf seinen Tod, als sie zu sprechen versuchte.

»Er war sehr intelligent ... und sehr aufgeschlossen gegenüber den Möglichkeiten des Westens. Deshalb hat sich meine Mutter auch so gut bei ihm eingelebt.«

»Deine Mutter war keine Perserin?«

Zehra verfluchte sich innerlich. Sie hatte nicht vorgehabt, dieses Detail zu verraten, noch nicht. »Nein, sie war Engländerin.«

Lawrence' Hände hielten am letzten Knopf ihres

Kleides inne, seine Finger schwebten über ihren unteren Rücken.

»Du bist zur Hälfte Engländerin?« Überraschung färbte seinen Tonfall.

Sie drehte sich um, schlüpfte aus dem Kleid und ließ es zu ihren Füßen fallen. »Ja.« Sie stand ihm nur mit ihrem Unterhemd und ihrem Korsett bekleidet gegenüber. »Ändert das ... deine Gefühle?«

»Über dich?«, fragte Lawrence mit hochgezogenen Augenbrauen, seine Hände schwebten einen Zentimeter über ihren nackten Schultern. »Nein, überhaupt nicht. Ich bin nur froh, dass ein Rätsel gelöst ist. Jetzt weiß ich, warum du so gut Englisch sprechen kannst.«

»Nun, ich hatte einen guten Lehrer«, sagte sie und fragte sich dann, ob das nicht zu viel preisgeben würde.

Er grinste. »Es scheint, als gäbe es noch viele andere Geheimnisse, die ich erforschen muss.« Sein Blick wanderte an ihrem Körper hinunter, bevor er zu ihrem Gesicht zurückkehrte. Die offene Ehrlichkeit seines Hungers erfüllte sie mit einem ähnlichen Verlangen. Er strich ihr eine feuchte Haarsträhne aus dem Gesicht, die an ihrer Wange klebte.

»Steig in die Badewanne und wärme dich auf. Ich werde ein Feuer anzünden lassen und unser Abendessen aufspüren.« Lawrence drehte sich um, ging weg und ließ sie kalt und allein zurück.

Zehra schniefte und hatte Tränen in den Augen. Der Mann war zu gut, zu freundlich. *Und ich möchte ihm zeigen, wie viel mir das bedeutet. Wie viel* er *mir bedeutet.* Zehra löste ihr Korsett hinter dem Sichtschutz und hörte, wie Lawrence nach einem Jungen rief, der ein Feuer machen sollte. Es wäre zu einfach, sich in diesen Mann zu verlieben. Aber sie konnte einfach nicht aufhören, und das würde ihr nur das Herz brechen.

KAPITEL 10

Lawrence blickte überrascht auf, als er hörte, wie Zehra hinter dem Wandschirm aus dem Bad stieg. Sie war noch nicht sehr lange da drin, und er machte sich Sorgen, dass das Wasser zu schnell abgekühlt war.

»War es heiß genug?«, fragte er.

»Oh ja. Ich brauchte nicht lange drin zu bleiben.« Zehra kam um den Schirm herum in Sicht, eine Decke fest um ihren Körper gewickelt. Sic kam auf zierlichen nackten Füßen auf ihn zu, wobei sie die Ränder der Decke um ihre Schultern schlang. Er erhaschte einen flüchtigen Blick auf ihre nackte Haut, als sie sich bewegte, und sein Körper spannte sich vor Erregung an.

Sie verdient einen Gentleman, keinen Schurken. Er zwang sich, dort zu bleiben, wo er war. Der alte Lawrence wäre im Nu auf den Beinen gewesen, hätte ihr die Decke vom

Leib gerissen und sie auf den Rücken gelegt, wo es am bequemsten war. Aber er wollte ein besserer Mann für diese Frau sein. Wenn er Zehra ins Bett brachte, wünschte er sich, dass es für sie beide etwas bedeuten würde. Es würde um mehr gehen als um einfaches Vergnügen, auch wenn es nicht von Dauer sein würde. Er schluckte schwer, sein Körper kämpfte jede Sekunde mit seinem Verstand, als sie sich ihm näherte.

»Ich ... habe deine Sachen getrocknet.« Er zeigte auf die Stelle, wo ihr Unterhemd, ihr Kleid und ihre Strümpfe über einem Messinggitter in der Nähe des Feuers hingen. Es würde nicht allzu lange dauern, bis sie wieder tragbar wären.

Sie warf einen Blick auf die Stelle und kam dann weiter auf ihn zu, wobei sie ihren Kopf gerade so weit neigte, dass die anmutige Neigung ihres Halses sichtbar wurde. Der Abstand zwischen ihnen verringerte sich, und die Zeit schien sich zu verlängern wie ein feiner Faden. Er nahm ihren Anblick in sich auf und stellte fest, wie verdammt schön sie wirklich war. Von ihrem rabenschwarzen Haar bis zu ihrer leicht nach oben gebogenen Nasenspitze, sogar die Andeutung einer Narbe knapp über dem Schlüsselbein - sie war perfekt. Zu perfekt. Er hätte zurücktreten sollen, hätte den Stuhl zwischen sie schieben sollen, aber er konnte sich nicht bewegen. Ihre hypnotisierenden Augen ließen ihn wie angewurzelt stehen.

Zehra kam direkt auf ihn zu und legte eine Hand auf

seine Brust. Er wollte seine Finger um ihr Handgelenk legen, aber er holte tief Luft, und sie gab ihm einen Stoß. Er ließ sich in den Sessel zurückfallen und starrte zu ihr auf.

Sie ließ sich auf seinem Schoß nieder, bevor er etwas sagen konnte, um sie aufzuhalten. Das Gewicht ihres Körpers war willkommen, das Gefühl ihres Körpers unbeschreiblich aufregend. Die Decke bedeckte seine Knie, und er versuchte, den Drang zu bekämpfen, sie von ihrem Körper wegzuziehen. Jeder Muskel war starr vor Anspannung.

»Zehra, du musst nicht ...«

Sie legte einen Finger an seine Lippen. »Pssst.« Der Schwung ihrer Lippen hätte ihn auf den Hintern geworfen, wenn er nicht ohnehin schon gesessen hätte.

»Willst du mich, Lawrence?«, fragte sie und fixierte seinen Mund auf eine Weise, die ihn über alle Maßen hungrig machte. Er wünschte sich ihren Mund auf seinem Körper, auf die schlimmste Weise.

Er nickte. Er war noch nie in einer solchen Situation gewesen, in der er derjenige war, der verführt wurde. »Ich will dich so sehr«, flüsterte er, und sein Atem ging schneller.

»Dann wirst du mich küssen.« Sie fuhr mit einer Fingerspitze über seine Wange zu seinem Mund. Ihre Berührung war leicht und sanft, aber wo immer sie mit der Fingerkuppe hinfuhr, brannte es köstlich auf seiner Haut.

»Aber ich kann dich nicht ausnutzen. Nicht so. Ich ...«

»*Schweig*«, sagte Zehra mit noch gebieterischerer Stimme. »Ich sage das nicht aus Pflicht, sondern aus Lust. Ich kenne mein Schicksal, und ich akzeptiere, was geschehen muss. Aber ich wünsche mir ein gewisses Maß an Glück, bevor das alles endet. Ich möchte mit *dir* glücklich sein«. Sie lehnte sich zurück und ließ die Decke bis zu ihrer Taille fallen, so dass sie völlig nackt war. Die Wölbung ihrer perfekten Brüste mit den staubrosafarbenen Brustwarzen war für seinen Blick völlig offen.

Gott, sie war schön, aber ihre Schönheit war nicht der Grund, warum er sie küssen, mit ihr schlafen wollte. Sondern es lag daran, dass sie anders war als alle Frauen, die er je getroffen hatte. Sie war mutig, intelligent, warmherzig und leidenschaftlich. Bei aller Schüchternheit, die sie zuvor gezeigt hatte, besaß sie auch eine Willensstärke, die er noch nie gesehen hatte. Zum ersten Mal in seinem Leben wollte er eine Frau nicht wegen ihres Aussehens, sondern wegen *dem, was sie war.*

»Lawrence?« Sie schnurrte das Wort, eine süße, unwiderstehliche Herausforderung für ihn, nein zu sagen.

Als ob ich widerstehen könnte - sie ist zu verdammt perfekt, zu verdammt wunderbar.

Sie legte einen Arm um seine Schultern und lehnte sich zu ihm, wobei ihre entblößten Brüste an seinem Hemd rieben.

Verdammt nochmal.

Er umfasste ihr Kinn und lehnte sich über den letzten Zentimeter zwischen ihnen hinweg, um ihren Mund mit seinem zu bedecken. Sie erwiderte seinen Kuss begierig, und er trank ihren süßen Geschmack. Für eine Jungfrau fiel es ihr leicht, zu lernen, wie sie auf seine sinnlichen Angebote reagieren sollte.

»Du scheinst dich mit dieser Situation recht wohl zu fühlen«, sagte er.

Sie gluckste gegen seine Lippen. »Ich habe Bücher über das Vergnügen gelesen.«

»Wie viele dieser Bücher hast du gelesen?« Er stellte sich vor, wie sie Texte wie das *Kamasutra* bei Kerzenlicht studierte.

Ihr verruchtes Lächeln ließ seinen Körper vor Verlangen erstarren. »Viele ...«

Er knabberte an ihrem Hals. »Dann kannst du mir vielleicht ein oder zwei Dinge beibringen.«

»Das könnte ich in der Tat.«

Er schlang seine Arme um sie und hielt sie fest. Dieses plötzliche, unerwartete Bedürfnis schockierte ihn, aber er hörte nicht auf, sie zu küssen - *konnte nicht aufhören*. Sie zitterte vor ihm, ihr ganzer Körper bebte.

»Ist dir kalt?«, fragte er. Ihr Haar war noch nass vom Regen und fiel aus der lockeren Frisur. Tropfen fielen auf ihre Schultern, und er hätte sie am liebsten weggeleckt.

»Nur ein bisschen.«

Lawrence küsste sie noch einen langen Moment, bevor

er sie auf seine Arme hob und zum Bett trug. Sie lehnte sich zurück, stützte sich mit den Ellbogen ab und blickte unter dunklen Wimpern zu ihm auf. Es kostete ihn alles, sich nicht auf sie zu stürzen wie ein unerfahrener Jugendlicher, der mit seinem ersten Dienstmädchen herumfummelt.

»Ich habe noch nie mit einem Mann geschlafen, aber ich glaube, du musst dich ausziehen, um weiterzumachen.« Sie lachte, als er sich praktisch die Krawatte und das Hemd vom Leib riss und seine Stiefel auszog.

»Nicht unbedingt«, sagte er lachend. »Aber damit es am meisten Spaß macht, auf jeden Fall.« Er griff nach der Vorderseite seiner Hose und öffnete sie. Zehra beobachtete ihn mit hungrigen Augen, so dass er sich wie ein Gott fühlte.

Ich werde dieser Frau jedes Vergnügen bereiten, das ich kann. Ich werde nicht daran denken, dass ich sie gehen lassen muss.

Er vergrub den Schmerz tief in sich und versuchte, nicht daran zu denken, dass ihn noch nie eine Frau auf diese Weise hatte fühlen lassen. Und dass es vielleicht auch niemals wieder passieren würde.

ZEHRAS HERZ HÄMMERTE, ALS LAWRENCE SEINE HOSE auszog. Der Mann war wunderschön, jeder Muskel war viel ausgeprägter, als sie es je erwartet hatte; jeder Teil von ihm war durchtrainiert. Seine Haut war blasser als ihre, und sie konnte nicht umhin, sich vorzustellen, wie es aussehen würde, wenn sie beide Haut an Haut aneinander gedrückt würden.

Sie hatte beschlossen, ihn zu verführen, weil sie befürchtete, dass er es nicht tun würde, wenn sie es nicht täte, aber sie hatte nicht bemerkt, wie aufgeregt und ängstlich sie sein würde. Am Rande ihres Bewusstseins summte nun die Angst, aber sie wurde von der intensiven Erregung überwältigt, die sie durchströmte, während ihr Verlangen immer weiter anstieg.

Er kletterte auf das Bett, jetzt völlig entblößt, und sie konnte nicht anders, als auf seinen erigierten Schaft zu starren. Kein Buch, das sie je gelesen hatte, hatte sie auf diese Situation vorbereitet. Eine Welle der Panik legte sich, als er sich neben sie legte und nicht auf sie. Er nahm ihr Gesicht in seine Hände und küsste sie, so dass ihre Sorgen verblassten. Er war ein Meister der Küsse - keiner war wie der andere. Jeder einzelne davon ließ ihren Puls in die Höhe schnellen und ihren Verstand sich in köstlichen Kreisen drchen.

»Besser?«, fragte er.

»Ja ... woher wusstest du es?«

Lawrence gluckste. »Du sahst gerade aus wie ein scheues Pferd. Wir können das so langsam angehen, wie du willst. Ich verspreche es.« Seine haselnussbraunen Augen funkelten, als er mit den Fingerknöcheln über ihre Wange strich, bevor er begann, ihren Hals zu küssen.

»Du weißt genau, was man sagen muss, um einer Lady die Nerven zu stärken«, gestand sie mit einem schüchternen Lächeln. »Ich wollte für dich mutig sein. Aber da ich das noch nie gemacht habe, habe ich auch Angst, einen Fehler zu machen.«

Er gluckste noch einmal. »Eine Dame macht im Bett nie Fehler - das können nur Männer. Alles, was ich will, ist, dass du du selbst bist. Heute Nacht sind nur du und ich in diesem Bett.«

Zehra nickte, ihr Herz füllte sich mit Wärme. »Nur wir«, wiederholte sie. Dieser Mann war perfekt - ein perfekter Gentleman, ein perfekter Schurke, ein perfekter Liebhaber.

Er streichelte ihre Wange und hinterließ einen weiteren lang anhaltenden Kuss auf ihren Lippen, der ihren Körper und ihr Herz zum Rasen brachte. »Ja, nur *wir*.«

Sie sog den Atem ein, als er ihre Brüste erreichte, eine Brustwarze ergriff und daran saugte, bis sie hart wurde. Zehra wölbte ihren Rücken und stöhnte, als er ihre andere Brust umfasste und mit dem Daumen über ihre Brustwarze strich, bevor er sie sanft zwischen seinen Fingern einklemmte.

»Lawrence!«, keuchte sie. Zehra griff in sein Haar und zupfte an den Strähnen. Sein warmes Lachen ließ eine dunkle, wunderbare Hitze in ihr aufsteigen, und ihre Schenkel bebten.

»Schließe deine Augen und fühle einfach«, murmelte er, während er begann, ihren Körper zu küssen.

Seine kräftigen Hände waren erstaunlich sanft, als er ihre Schenkel auseinander drückte. Sie spannte sich an, aber er nahm sie noch nicht. Sie entspannte sich und schloss die Augen. Eine Sekunde später war sein Mund auf ihrem Schoß, seine Zunge leckte über ihre Falten. Zehra bäumte sich und schrie auf, als sie plötzlich vor Lust in die Höhe schoss. Alles schien in Wellen von Feuer zu explodieren, bevor sie vom Höhepunkt der Ekstase herunterkam.

»War es das?«, fragte sie.

Er schmunzelte. »Das ist nur der Anfang.« Zehra öffnete die Augen und sah, wie er sie zwischen ihren Schenkeln verrucht angrinste. Lawrence schob einen Finger in sie hinein, und sie sah erstaunt zu, wie er mit ihr spielte, streichelte, stieß, wirbelte. Die Empfindungen, die seine Berührung hervorrief, waren unbeschreiblich. Die Intensität, das Kribbeln unter ihrer Haut, wie tausend winzige Blitze, ließ sie schwach werden und erzittern. Seine intensiven Augen brannten sich in ihre, während er die Stellen zu suchen schien, die sie zum Erbeben und zum Brennen brachten.

»Himmel, du bist wunderschön«, flüsterte er in einem ehrfürchtigen Ton.

Er machte sie mit seinen Berührungen verrückt. Die

Lust, die sich beim ersten Mal so schnell aufgebaut hatte, schlich sich nun langsam an sie heran, aber sie war unerträglich. Sie brauchte eine Art Befreiung.

»Bitte, Lawrence. Du hast mich lange genug geneckt.« Sie wand sich auf dem Bett und versuchte, sich aufzusetzen, aber er bewegte sich und glitt zwischen ihre Schenkel, seine Arme umschlossen ihre Schultern. Er blickte auf sie herab.

»Bist du bereit für mich?«

Sie hob ihr Kinn und lächelte ihn an. »Für dich bin ich bereit.«

Lawrence strich seine Wange an ihrer entlang und drückte ihr einen zarten Kuss auf die Lippen. Er vertiefte ihren Kuss, als er in sie eindrang und zu stoßen begann.

Das Gefühl, wie er sich in sie presste, mit ihr verschmolz, war anders als alles, was Zehra sich hätte vorstellen können. Es gab einen kurzen Moment des Schmerzes, der aber verblasste, als Lawrence tiefer eindrang. Sekunden später wurde sein Kuss härter, aber Zehra genoss ihn. Sie grub ihre Nägel in seinen Rücken und krallte sich an ihm fest, während sich seine Hüften vor und zurück bewegten. Es war das Wundersamste, was sie je erlebt hatte, die Freude an ihren Körpern, die Wärme ihrer Haut und das Pochen ihres Herzens, während die Lust ihren ganzen Körper durchströmte.

Sterne schossen in ihr Blickfeld, und sie stieß ein Wimmern aus, als ihr Körper erschlaffte. Über ihr hauchte Lawrence ihren Namen, küsste sie und verharrte mit einem letzten Stoß. Er fuhr fort, federleichte Küsse auf ihre Lippen zu streuen, während sie ihre Augen schloss.

Zehra hätte in diesem Moment vor lauter Zufriedenheit sterben können. Sie fühlte sich nach ihrem Liebesspiel in einem Zustand exquisiter Glückseligkeit. Jede Angst, jede Sorge - nichts konnte das Gefühl von Leidenschaft und Sicherheit zerstören, das sie in diesem Moment empfand.

»Wie fühlst du dich?«, fragte er. Sein Atem wirbelte eine Haarsträhne nahe ihrem Ohr auf. Es kitzelte, und sie musste lachen.

»Wunderbar, wirklich wunderbar. Und du?« Sie hielt den Atem an, weil sie Angst hatte zu hoffen, dass es ihm genauso ergehen könnte.

»Einfach wunderbar.« Er hob den Kopf und lächelte sie an.

Sie lagen wie in einem Kokon aneinander gekuschelt, ihre Körper umschlungen. Lawrence fuhr mit einer Fingerspitze die schwache Narbe entlang, die knapp oberhalb ihres Schlüsselbeins verlief. Die Narbe, die Al-Zahrani auf ihr hinterlassen hatte, um sie daran zu erinnern, wem sie gehörte. Sie zitterte.

Ich gehöre ihm nicht. Ich werde eher sterben, als ihn jemals wieder zu ertragen.

»Woher hast du das?«, fragte er.

Sie senkte die Wimpern. »Als meine Eltern getötet

wurden, bin ich geflohen, wie du weißt, aber ...« Sie hielt inne und atmete tief ein. »Der Mann, der meinen Vater verriet und ihn niedermähte, war ein Araber namens Samir Al-Zahrani. Er nahm mich auf der Flucht gefangen. Ich dachte, er würde mir helfen, aber ich erfuhr bald die Wahrheit. Ein anderer Schah wollte unsere Ländereien an sich reißen, und ich war Al-Zahranis Gegenleistung für den Verrat an meinem Vater. Ich sollte ein Teil seines Harems werden.«

»Hat er dir wehgetan?« Lawrence' Stimme war leise, aber sie hatte etwas Scharfes an sich, das sie erschreckt hätte, wenn seine Worte ihr gegolten hätten.

»Ja, mehr als einmal, aber er hat mich nie genommen. Er dachte, er hätte den Rest meines Lebens, um mich mit dem Versprechen zu quälen, sein Bett zu teilen. Stattdessen verbrachte er eine Woche damit, mich für meine *Unverschämtheiten* zu bestrafen, indem er mich zunächst mit der Hand schlug, später mit der Peitsche und schließlich mit einer kleinen Klinge schnitt. Ich habe nur um meine Freiheit gekämpft.«

Lawrence schlang die Arme um sie, schloss die Augen und presste die Lippen zu einem festen Strich zusammen. »Wenn ich jemals das Glück haben sollte, diesen Mann zu treffen, werde ich ihn töten.«

Sie keuchte, umfasste sein Kinn und zwang ihn, sie anzusehen. »Nein! Das darfst du niemals sagen. Er ist ein brutaler Mann ohne Ehre. Er würde dich umbringen, nur weil du im selben Raum wie ich bist.« Sie wollte ihn warnen, dass Al-Zahrani immer noch nach ihr suchte, aber sie befürchtete, dass Lawrence Himmel und Hölle in Bewegung setzen würde, um den Mann zu finden und ihn zu töten, wenn sie ihm das sagte. Sie konnte nicht zulassen, dass er sein Leben aufs Spiel setzte.

»Ich möchte, dass du nie wieder Angst vor diesem Mann haben musst. Aber er ist nicht hier. Du bist weit weg von ihm. Du bist in Sicherheit«, versprach Lawrence.

Wenn es nur wahr wäre ... Aber sie fürchtete, dass der Mann mit dem dämonischen Herzen gerade jetzt durch die Straßen Londons lief, und Lawrence wusste es nicht, *durfte es nicht* wissen. Sie legte ihre Hand auf seine Brust, schloss die Augen und konzentrierte sich auf das Klopfen seines Herzens.

»Meine Mutter hat einmal gesagt, wenn man mit einem Mann zusammen liegt, kommt man sich körperlich und geistig nahe, nahe genug, um die Träume des anderen zu teilen.« Sie zog eine Fingerspitze über seine Brustmuskeln und stellte sich vor, wie sich ihr Geist und ihr Körper mit seinem verbanden. »Hältst du das für möglich?«

Lawrence bewegte eine seiner Hände sanft auf ihrem Rücken auf und ab, eine Bewegung, die sie in einen tiefen Schlaf wiegen würde, wenn sie es zuließ.

»Möglich, nehme ich an. Ich habe nie wirklich viel Zeit damit verbracht, mit anderen Frauen mein Bett zu teilen. Ich sollte das wohl nicht zugeben, das mit den anderen Frauen ...« Seine Stimme verstummte, und sie kicherte.

»Du darfst eine Vergangenheit haben, Lawrence, genau wie ich. Ich verurteile dich nicht wegen der Frauen, die du vor mir geliebt hast.«

»Ich kann nicht behaupten, dass ich sie geliebt habe«, sagte er mit distanzierter Stimme. »Es ging immer nur um ein bisschen Spaß, um sich die sprichwörtliche Befriedigung zu verschaffen.«

Sie kicherte. »Noch mehr dumme Wörter.« Sie hob ihren Kopf, um ihr Kinn auf seine Brust zu legen, und beobachtete ihn, wobei sie über sein offensichtliches Unbehagen an ihrer Diskussion grinste.

Seine Augen verengten sich, als ob er ihr nicht glaubte. »Es macht dir wirklich nichts aus, wegen der anderen Frauen?«

»Nein. Diese anderen Frauen haben dich zu dem wunderbaren Liebhaber gemacht, der du heute bist. Ich profitiere von ihren.«

Mit einem leisen Lachen gab er ihr einen kleinen Klaps auf den Po. »In der Tat. Sie haben mir viele Dinge beigebracht ...« Dann schob er seine Finger in die Spalte ihres Hinterns und hinunter zu ihren Falten und drückte seine Finger leicht in sie hinein. Sie stöhnte bei seiner Berührung auf und spürte, wie die empfindlichen Nerven wieder zum Leben erwachten. Er spielte einen langen Moment mit ihr, vergewisserte sich, dass sie feucht und hungrig nach ihm war, dann hob er eines ihrer Beine über seine Hüfte und zog sie näher heran. Er stieß diesmal langsamer in sie hinein, sanft, und ihre Körper schaukelten, als sie sich auf die Seite drehten und einander gegenüberlagen. Es war irgendwie intimer als zuvor, zärtlicher und süßer, auch wenn er sie auf jede erdenkliche Weise in Besitz nahm.

Ich gehöre ihm. Ich werde immer diesem süßen, verführerischen Mann gehören ...

Der Gedanke daran schnürte ihr die Kehle zu, und sie lehnte sich an ihn und küsste ihn verzweifelt, als sie gemeinsam zum Höhepunkt kamen.

Lawrence drückte sie fest an sich, sein Atem strömte unregelmäßig an ihr Ohr, während er darum kämpfte, sich zu erholen. Keiner von ihnen sprach viele Minuten lang. Sie existierten einfach zusammen im selben Raum, Körper, Herzen und Geist waren auf eine Weise miteinander verbunden, die Zehra nicht ganz verstand, die sie aber herbeigesehnt hatte, seit sie erfahren hatte, dass so etwas möglich war.

Nach einigen langen Minuten stieß Lawrence einen Seufzer aus. »Ich verlasse dieses Bett nur ungern, aber ich bin ausgehungert. Das musst du auch sein. Ich hole uns unser Essen. Es sollte mittlerweile fertig sein.«

Zehra gefiel der Gedanke nicht, dass er sie verließ oder dass sie sich trennten, aber sie ließ ihn widerwillig los, und er zog sich vom Bett zurück. Als er aufstand, war sein dunkelrotes Haar zerzaust, weil ihre Hände durch die Strähnen gefahren waren. Es war eine einfache

Markierung, aber dennoch eine Markierung. Sie verbiss sich ein stolzes Lächeln.

»Du siehst aus wie eine Katze, die sich von der Sahne ernährt hat«, sagte er kichernd.

»Noch mehr dumme Wörter, obwohl ich diese verstehe.« Sie rümpfte die Nase. »Soll das etwas Schlechtes sein?«

Er tippte ihr unter das Kinn und grinste immer noch. »Nein, überhaupt nicht. Ich mag es, dich lächeln zu sehen. Es lässt deine Augen wie Saphire leuchten.«

Sein Lob sollte sie nicht so stark berühren, wie es das tat. Doch sie konnte nicht aufhören zu lächeln, selbst wenn sie es versuchte.

»Dein Hemd sollte jetzt trocken sein.« Er ging völlig nackt zum Feuer hinüber. Sie hatte die Gelegenheit, seinen festen Hintern und die schlanken Linien seiner muskulösen Beine zu bewundern. Ihr Körper war erschöpft, aber sie brannte immer noch vor Erregung. Er nahm das zarte Hemd vom Feuerrost und kam damit zu ihr zurück.

Lawrence hielt es ihr hin, und sie nahm es an. Sie genoss es, wie die Hitze des Feuers an dem Stoff klebte. Sie drückte es einen Moment lang an ihre nackte Brust und seufzte genüsslich, bevor sie es sich über den Kopf zog und sich wieder aufs Bett setzte, während er sich anzog.

»Bleib, wo du bist«, befahl er mit einem Augenzwinkern, bevor er nach draußen trat.

Zehra gluckste und legte sich zurück ins Bett. Sie war ein wenig empfindlich, aber es fühlte sich auf eine seltsame Art und Weise gut an. Sie war in einen neuen Zustand der Weiblichkeit eingetreten. Auf die Geheimnisse, von denen sie im Flüsterton gehört hatte, gab es jetzt Antworten, und keiner der Texte, die sie gelesen hatte, war mit der Realität des Zusammenseins mit einem Mann vergleichbar.

Zehra kuschelte sich tiefer in das Bett und schloss die Augen. Sie sah Lawrence' Gesicht, fühlte seinen Kuss, spürte seine Hände auf ihrem Körper und sein Gewicht auf sich. Obwohl sie mehr als zweitausend Meilen vom Palast ihrer Eltern entfernt war, hatte sie das Gefühl, zu Hause zu sein. Und das alles nur, weil sie sich in den Mann verliebt hatte, der sie bald wegschicken musste. In ihren geschlossenen Augen sammelten sich Tränen.

Denk nicht an den Tag, an dem du ihn verlassen musst. Ich habe noch ein paar Tage Zeit, bevor ich mich verabschieden muss.

ꙮ

LAWRENCE LEHNTE SICH GEGEN DIE GESCHLOSSENE Tür und hielt inne, um über das Geschehene nachzudenken. Er hatte mit Zehra geschlafen, und es war ... Gott, es war anders gewesen als alles, was er je mit einer Frau empfunden hatte. Er hatte sich ausschließlich auf ihr

Vergnügen konzentriert und ihr gezeigt, wie die Intimität zwischen einem Mann und einer Frau sein sollte.

Und doch war sie diejenige, die ihm Dinge beigebracht hatte. Als er ihr zum Beispiel in die Augen gesehen hatte, als sie sich löste, war das wie ein Sonnenuntergang über einem See gewesen: strahlend blaues Wasser, in goldenes Licht getaucht. Sie verzehrte ihn, ertränkte ihn in ihrer Ekstase.

Sie war so offen mit ihm gewesen, dass er nicht in der Lage war, seine emotionale Distanz zu wahren, wie er es bei früheren Liebhaberinnen getan hatte. Mit ihr zusammen zu sein, sie einfach nur in den Armen zu halten, brachte ihn dazu, ihr tausend Dinge erzählen und ihr ebenso viele Fragen stellen zu wollen. Zum ersten Mal in seinem Leben war er von jemandem so fasziniert, dass er nicht genug davon bekommen konnte. Deshalb hatte er sich vom Bett weggeschleppt - nicht um zu essen, sondern um einen klaren Kopf zu bekommen.

Ich kann mich nicht binden. In weniger als einer Woche wird sie mich verlassen, und ich werde sie nie wieder sehen.

Ein müder Seufzer entrang sich ihm. Er stieß sich von der Tür ab und ging hinunter in den Schankraum, wo er eine Bardame fand und nach den Tabletts mit den Speisen fragte, die er zuvor angefordert hatte. Während sie ihm das Abendessen holte, wartete er in der Ecke in der Nähe der Treppe. Plötzlich hatte er wieder dieses merkwürdige Gefühl, beobachtet zu werden. Seine Nackenhaare sträubten sich, und er blickte sich um.

Männer und Frauen bevölkerten den Schankraum, und viele versammelten sich um das Feuer im Kamin. Ein paar Männer blickten in seine Richtung, aber sie lachten und waren völlig mit sich selbst beschäftigt.

Bin ich dumm? Ist es nur der Schatten der Drohung meines Bruders, mir Zehra wegzunehmen, der mich überall Augen spüren lässt? Es war möglich, aber er hatte sich noch nie solche Sorgen gemacht, die ihn in einen solchen Zustand versetzten.

Das Dienstmädchen kam endlich zurück und reichte ihm ein Tablett mit Essen. Die Düfte, die von den Tellern aufstiegen, waren verlockend, und er eilte zurück auf ihr Zimmer. Er warf einen Blick über die Schulter zurück zum Fuß der Treppe, und eine kleine Bewegung ließ ihn zögern. War ihm jemand bis zum Fuß der Treppe gefolgt? Er starrte weiter hinunter, aber es war niemand zu sehen. Erst dann fühlte sich Lawrence sicher genug, um wieder in ihr Zimmer zu gehen. Er stellte das Tablett ab und schloss die Tür hinter sich ab, nur für den Fall der Fälle.

»Ist alles in Ordnung?« Zehras Stimme ließ ihn zum Bett blicken.

»Äh ... Ja. Tut mir leid, komm und hol dir was zu essen.« Er deckte die Teller auf. Sie hatten für heiße Suppe, Hammelfleisch, frisches Brot und Käse gesorgt. Die einfache Kost würde nach dem Liebesspiel wie ein königliches Festmahl schmecken.

Zehra schlüpfte aus dem Bett, ihre wohlgeformten

Beine waren ein verlockender Anblick, als sie sich zu ihm auf den Stuhl neben dem kleinen Tisch setzte und eine Decke als Schal benutzte.

»Ich bin ausgehungert«, gab sie schüchtern zu.

Lawrence reichte ihr einen Teller. Als sie zu essen begannen, gab er seiner Neugier nach.

»Sag mir, wie war dein Zuhause? Ich muss zugeben, dass ich noch nie einen Ort außerhalb von England gesehen habe.«

»Wir lebten in einem Dorf außerhalb von Shiraz. Meine Mutter war mit ihren Eltern zu Besuch im Land, als sie meinen Vater kennenlernte. Er war ein Fürst, ein Schah in der Provinz Fars. Sie verhandelten über Handelsabkommen mit einer Reihe von Ländern, darunter auch England. Meine Mutter war begeistert von der Schönheit des Landes und seiner Menschen.«

Zehra begegnete seinem Blick, während sie fortfuhr. »Es gibt ein Geheimnis, das in den Augen der Perser leuchtet, eine uralte Berufung, sich zu nähern, um etwas über die Vergangenheit zu erfahren. Meine Mutter sagte, das habe sie gerufen. Sie hat Persien fast so sehr geliebt wie meinen Vater.«

»Ist es wirklich eine Wüste, wo du gelebt hast?« Lawrence konnte sich nicht vorstellen, dass diese schöne Frau in einem harten, heißen Land aus Sand leben würde.

»Einiges davon schon, aber nicht mein Zuhause.

Shiraz ist ein grünes Land am Fuße des Zagros-Gebirges, eine Oase in der rauen, aber schönen Wüste.«

Lawrence beugte sich näher heran, von ihr verzaubert. Sie sprach von Heimat. »Grün? Gab es dort Gärten?«

Zehra nickte. »Wir haben einige der schönsten Gärten der Welt. Und die Rosen ... Ich vermisse die Rosen.«

»Rosen? England ist sehr berühmt für seine Rosen. Wusstest du, dass es eine Züchtung gibt, die Teerosen heißt, weil sie nach Tee riecht?«, betonte er grinsend.

Sie gluckste. »Ja, aber du hast noch nie *persische* Rosen gesehen. Wir haben rosafarbene Rosen mit karminroten Rändern und solche, die so gelb sind wie die Mittagssonne, sogar orangefarbene Rosen mit korallenroten Blütenblattspitzen.« Während sie sprach, blickte sie in die Ferne und lächelte wehmütig.

»Meine Mutter schnitt sie in den Gärten und füllte Vasen mit Hunderten von ihnen. In den nächsten zwei Wochen entfalteten sie langsam ihre Blütenblätter, wobei sich die Farben vertieften, bevor sie schließlich verblassten. Die Blütenblätter fielen auf die Tische, und ich sammelte sie für meine Mutter, um Rosenwasser herzustellen. Mein Volk glaubt, dass Rosenwasser alles heilen kann.«

»Ah, Rosenwasser, ja. Wir lieben dieses Parfüm hier. Manche Frauen baden sogar darin.« Viele seiner früheren

Geliebten hatten auf Rosenwasser für ihre Bäder bestanden.

Zehra nahm einen Schluck von ihrem Wein und sah ihn mit leuchtenden Augen an. »Ich wünschte, du hättest die Feste gesehen, die wir für Rosenwasser veranstaltet haben.«

»Feste?«

Sie nickte. »Die Frauen zogen ihre schönsten Kleider an und gingen vor Sonnenaufgang in die Gärten, um die Blütenblätter von den Rosen zu pflücken. Für die Männer standen Kupferwannen mit heißem Wasser bereit. Meine Mutter nahm mich jedes Jahr zum Zuschauen mit. Ich kann mich noch gut daran erinnern, wie die Blütenblätter wie bunte Regentropfen in die riesigen Kübel fielen und wie die Frauen sangen, als sie die Morgendämmerung begrüßten.«

Lawrence nahm das Bild auf, das ihre Worte erzeugten. Er konnte sich Zehra als wunderschönes dunkelhaariges Kind vorstellen, das ein buntes Kleid trug, die Hand ihrer Mutter hielt und die Blütenblätter um sich herum fallen sah. Das Morgenlicht wäre über den Horizont gekommen und hätte ihre hellblauen Augen erleuchtet. Ja, er hätte alles dafür gegeben, das zu sehen. *Alles.*

»Perser und Rosen haben eine lange Geschichte. Wir sind besessen von ihnen.« Sie lächelte schelmisch. »Meine Mutter sagte, mein Vater habe sie mit Rosen verführt.«

»Oh?« Lawrence hörte gespannt zu. Während sie von ihrer Heimat sprach, verwandelte sich ihr Gesicht und wurde noch schöner, so dass der Anblick sein Herz zum Bersten brachte. Sie leckte sich die Fingerspitzen ab, während sie ihr Essen beendete.

»Rosen gelten als schön und vollkommen. Sie sind das Objekt der Sehnsucht und Verehrung der Nachtigall, die in vielen unserer Gedichte einen Liebhaber darstellt und seine Hingabe an die Rose besingt. Der Dichter Omar Khayyám war einer der Lieblingsdichter meines Vaters. Ich erinnere mich ein wenig an seine Arbeit.« Sie hielt inne, als würde sie nachdenken, bevor sie wieder begann:

ICH DENKE MANCHMAL, DASS NIE SIE SO ROT WEHTEN,
Die Rosen, als dort, wo ein begrabener Cäsar blutete;
Dass jede Hyazinthe, die der Garten trägt
Von einem einst schönen Kopf in seinen Schoß gefallen.

EINE SEKUNDE LANG bewegte sich keiner von ihnen, das Gewicht der Worte war wie ein unsichtbares Netz zwischen ihnen, dann sprach Zehra weiter.

»Mein Vater schlich sich eines Nachts in das Zimmer meiner Mutter und ließ seine Diener ihr Bad mit Rosenblättern füllen, und dort sprach er zu ihr von Liebe und Rosen.«

»Dein Vater scheint ein intelligenter und romantischer Mann gewesen zu sein«, sagte Lawrence.

»Das war er«, stimmte sie zu. Frischer Kummer färbte ihr Gesicht nun mit einer eindringlichen Schönheit. Er wollte sie nicht an ihren Verlust erinnern, also versuchte er, sie etwas anderes zu fragen.

»Hattest du einen Verehrer, damals in Persien?«

Sie sah verwirrt aus. »Verkehr?« Sie blickte ihn verständnislos an.

»Nein, *Verehrer*. Du weißt schon, ein Mann, der alles tun würde, um dir den Hof zu machen. Jemand, der dich heiraten wollte?«

»Oh, ich verstehe. Es gab viele Männer, die mir den Hof machen wollten, aber ich war nicht interessiert. Meine Mutter hatte mir die Freiheiten einer Frau der westlichen Welt gezeigt, und ich hatte nicht den Wunsch, einen traditionellen Freier zu heiraten. Meine Mutter hoffte, dass ich in einem Jahr zum Studieren nach England gehen würde.« Sie nippte an ihrem Wein und fuhr mit einem verschämten Grinsen fort. »Ich habe mich darauf gefreut, hierher zu kommen und vielleicht meinen eigenen wilden englischen Lord zu finden.«

Lawrence lachte. »Und hier bin ich, bereit, dir jeden Wunsch zu erfüllen.«

Sie hob eine elegante dunkle Braue. »*Jeden* Wunsch?«

»Ja, jeden.«

Sie stellte ihr Weinglas auf dem Tisch ab, stand auf und hielt ihm die Hand hin.

»Dann bring mich ins Bett. Ich möchte die Sterne wieder sehen.«

Er würde ihr das niemals verwehren. Sie würden nicht daran denken, was die Zukunft bringen würde. Denn heute Abend gab es nur die Schönheit, die zwischen ihnen erblühte, als sie sich wieder in den Armen lagen.

KAPITEL 11

Zehra schlief die meiste Zeit der Kutschfahrt am nächsten Morgen. Lawrence war daran schuld. Er hatte die ganze Nacht damit verbracht, mit ihr zu schlafen. Im Morgengrauen war sie vor lauter Erschöpfung zusammengebrochen. Es stimmte, man konnte *zu viel des Guten haben*. Sie kuschelte sich an seine Schulter, als die Kutsche zum Stehen kam.

»Bist du wach?« Seine zärtliche Stimme ließ sie seufzen und sich noch tiefer in seinen Armen vergraben.

»Wenn ich nein sage, könntest du den Kutscher bitten, uns zurück nach Richmond zu bringen?«, fragte sie schläfrig.

Lawrence' Lachen wärmte sie bis in die Zehenspitzen. »Bring mich nicht in Versuchung, Liebling. Ich wette, das würde mir mehr gefallen als dir. Warum bringe ich dich nicht gleich ins Bett und lasse dich ausruhen?« Er strich ihr mit dem Handrücken über die Wange, und sie lächelte.

»Das hört sich gut an, wenn du mitmachst. Keine getrennten Räume mehr.«

»Keine getrennten Zimmer mehr«, stimmte er zu. Einen Moment lang sahen sie sich einfach nur in die Augen, ihre Gesichter nahe genug für einen Kuss. In diesem Moment spürte Zehra, dass sie sich nichts anderes im Leben wünschen konnte, als mit ihm zusammen zu sein.

Aber ihr Fahrer wartete darauf, dass sie ausstiegen, und Lawrence half Zehra aus dem Wagen. Es war mitten am Vormittag, als sie die Stufen zu seinem Haus in der Jermyn Street hinaufstiegen. Als sich die Tür öffnete, starrte Mr. MacTavish sie mit großen Augen an.

»Mylord, es tut mir leid, Sie haben Gäste. Ich habe ihnen gesagt, dass Sie nicht anwesend sind, ...«

Lawrence wurde starr. »Wer ist es, MacTavish? Ist es Avery?« Die Panik in seinem Tonfall löste bei Zehra eine Welle des Entsetzens aus. Avery war der Bruder, der sie abholen würde, der sie nach Hause schicken wollte.

»Äh, nicht der, es ist Seine Lordschaft.«

Lawrence runzelte die Stirn. »Lucien?«

»Ja, aber Lord Essex, Lord Lonsdale, Lord Lennox und Mr. St. Laurent sind auch hier ... und ihre *Frauen*.« Der Butler erschauderte bei diesem Wort, und Lawrence lachte plötzlich, als er sich Zehra zuwandte.

»Die Frau meines Bruders und ihre Freundinnen sind ... *temperamentvoll*. Sie sind dafür bekannt, dass sie ein bisschen Ärger machen können.«

MacTavish nickte. »Ja, *temperamentvoll* ist kein gutes Wort für die Damen. Wenn sie sich zusammentun, sind sie wie die Hexen von *Macbeth*«, brummte der Butler.

»Ärger?« Zehra hatte *Macbeth* gelesen und bezweifelte stark, dass es sich bei den Damen um irgendwelche Hexen handelte, nicht angesichts der Art und Weise, wie Lawrence sich ein Lächeln zu verkneifen versuchte.

»Ja, als die Damen das letzte Mal hier waren, haben sie zwei Stunden lang geübt, alle Schränke im Silberzimmer zu knacken.«

MacTavish blähte seine Brust auf. »Diese Schränke sind undurchdringlich, egal was Ihre Gnaden sagt.«

Zehra konnte dem Ganzen nicht ganz folgen, aber als sie in den Eingangsbereich traten, beugte sich Lawrence zu ihr und flüsterte ihr etwas ins Ohr.

»Die Herzogin von Essex, Emily St. Laurent, hat das Schloss geknackt, und MacTavish ist zu stolz, um es zuzugeben. Sein ganzer Hochlandstolz lässt ihn glauben, dass er das Haushaltssilber in einer uneinnehmbaren Festung aufbewahrt.«

»Eine Herzogin hat ... Schlösser geknackt?«, fragte Zehra, immer noch verwirrt. Das klang nicht nach etwas, das eine hochgeborene Dame tun sollte. »Warum?«

»Nun, mein Bruder Lucien und seine Freunde sind in London als die Liga der Schurken bekannt.«

»Schurken?« Zehra konnte nicht umhin, sich zu fragen, ob diese Männer wie Lawrence waren oder ob sie sich Sorgen machen sollte.

»Es ist nur ein Spitzname, den einige Zeitungen gerne verwenden, wenn sie über ihre Heldentaten berichten. Und man sollte meinen, dass sie nach ihrer Heirat sesshaft geworden sind, doch ein jeder von ihnen hat ein Geschöpft geheiratet, das genauso viel Unfug treiben wie er selbst. Die Ehefrauen nennen sich jetzt Gesellschaft der rebellischen Damen, und sie bemühen sich, diesem Namen gerecht zu werden.«

Zehra kicherte. »Die Gesellschaft der rebellischen Damen?« Es klang viel mehr nach den Frauen, mit denen ihre Mutter befreundet war, als sie jung gewesen war. Ihre Mutter hatte nicht viel über ihre Zeit in England erzählt, aber das Wenige, was sie erzählt hatte, klang, als hätte sie wunderbare Freundinnen gehabt, die in solche Schwierigkeiten gerieten.

»Ich habe vorgestern die Frau meines Bruders, Horatia, gebeten, mir bei etwas zu helfen, und ich habe das Gefühl, dass sie deshalb alle hier sind. Ich hätte damit rechnen müssen, dass sie kommen würden. Ich muss mich im Voraus für meinen Bruder und seine Freunde entschuldigen.« Lawrence hielt inne, als sie den Salon erreichten.

»Oh?« *Würden sie sie missbilligen?* »Soll ich dann nach oben gehen? Wenn du meinst, dass ich ...«

Lawrence hob ihre Hände an seine Lippen und küsste ihre Fingerrücken.

»Ich schäme mich nicht für *dich*, noch möchte ich dich aus diesem oder einem anderen Grund vor ihnen verstecken. Das ist mein Bruder. Er ist ein Teufel und wird dich höchstwahrscheinlich necken.«

»Dann habt ihr etwas gemeinsam.«

Lawrence lächelte. »Ich möchte nur, dass du vorbereitet bist. Sie werden dich wahrscheinlich mit Fragen löchern. Ich nehme an, Lucien hat von meiner Mutter erfahren, dass etwas im Gange ist, und ist hier, um mich zu befragen. Du brauchst ihnen nichts zu sagen, was du nicht preisgeben willst. Ich kann dich auch entschuldigen, wenn du dich lieber für den Rest des Abends zurückziehen möchtest.«

»Nein, bitte, ich würde gerne deinen Bruder und seine Freunde kennenlernen.« Wer würde nicht gerne eine ganze Liga von Schurken treffen?

Lawrence gluckste. »Nun gut. Bereite dich gut vor, und sag hinterher nicht, ich hätte dich nicht gewarnt.« Er öffnete die Tür zum Salon, und sie sahen sich einer Menschenmenge gegenüber. Fünf Herren standen an dem hohen Fenster, das zu den Gärten von Lawrence führte, und drei Damen saßen auf den Sofas am Kamin. Die lebhaften Diskussionen im Raum verstummten sofort. Ein rothaariger Mann, der Lawrence so ähnlich sah, dass es Zehra schockierte, setzte sich von den anderen Männern ab. Das musste Lucien sein.

»Lawrence, du Teufel, wer ist diese Schönheit?«

»Lucien«, sagte Lawrence lachend. »Was machst du hier? Was macht die verdammte Liga in meinem Haus? Ich habe Horatia um einen Gefallen gebeten und ein paar Freunde, nicht den Rest von euch.«

Lucien grinste. »Ich habe gehört, dass du und Avery einen kleinen Streit hattet. Mama war besorgt und bat mich, dich zu besuchen, wie es sich gehört. Alle anderen dachten, dass es Spaß machen würde, mitzukommen. Und, ist alles in Ordnung zwischen dir und Avery?«

Das Licht in Lawrences Augen wurde ein wenig schwächer. »Nein, aber du brauchst dir keine Sorgen zu machen.«

»Was auch immer Avery vorhat, sag ihm, dass du zu beschäftigt für diesen Spionage-Unsinn bist«, riet Lucien. »Ich möchte, dass wenigstens einer meiner Brüder nicht in Gefahr gerät.«

»Das werde ich das nächste Mal versuchen«, versprach Lawrence mit einem Seufzer.

»Aber das ist nicht der einzige Grund, warum ich hier bin. Meine Frau sagt, sie hilft dir, einen Ball für eine junge Dame zu arrangieren?« Luciens Augen glitten zu Zehra, wenn auch nicht auf sinnliche Weise, sondern nur neugierig. »Darf ich annehmen, dass Sie diese Dame sind?«

Zehra warf einen Blick auf Lawrence. Er hatte mit

Luciens Frau über einen Tanz gesprochen? War es, weil sie neulich auf den Ball gehen wollte und nicht konnte?

»Oh, bitte«, warf sie ein. »Sie sollten sich meinetwegen keine Mühe machen.«

Lucien lachte. »Ah, Lawrence hat es Ihnen also nicht gesagt? Mühe ist unsere *Stärke*, nicht wahr?« Diesen letzten Teil rief er seinen Begleitern über die Schulter zu und winkte sie herbei. Die anderen Männer, die noch beim Fenster verweilten, gesellten sich zu Lawrence und Zehra, und die Damen erhoben sich von ihren Sofas, um ihr entgegen zu kommen.

»Ich nehme an, ich sollte euch einander vorstellen«, murmelte Lawrence halb zu sich selbst. »Darf ich vorstellen: Miss Zehra Darzi. Das ist eindeutig mein Bruder Lucien, der Marquess of Rochester, und seine Frau Horatia.« Dann wies er auf einen dunkelhaarigen Mann mit grünen Augen und eine Frau mit haselbraunem Haar, die seinen Arm hielt. »Das ist Godric, der Herzog von Essex, und seine Frau Emily. Und dann ist da natürlich noch Miss Audrey Sheridan.« Er winkte einer zierlichen Brünetten mit schönen braunen Augen zu. Lawrence schien sich im Raum umzusehen. »Ich zähle nur fünf unter den Männern. Wo, wenn ich fragen darf, ist Lord Sheridan?«

»Cedric ist mit Anne auf dem Land. Ähm, um sich frisch verheiratet zu verhalten«, fügte Lucien lachend hinzu.

Horatia stieß Lucien in die Rippen. »*Wir* sind frisch

verheiratet«, erinnerte sie ihn. Lucien grinste sie auf eine Weise an, die sie erröten ließ.

»Ich verstehe«, fuhr Lawrence fort. »Nun, Horatia und Audrey sind Schwestern. Und dann ist da noch Ashton, Baron Lennox.« Zehra folgte Lawrence' Nicken zu einem großen blonden Mann mit intensiven blauen Augen, der seinen Kopf neigte. »Und dieser Mann hier ist Jonathan St. Laurent, Godrics Halbbruder.« Zehra sah, dass der gut aussehende Mann mit Haaren in der Farbe von Sand die gleichen grünen Augen hatte wie sein Bruder.

»Das Beste kommt zum Schluss, wie ich sehe?«, sagte ein goldhaariger Mann mit silbrig-grauen Augen und zwinkerte Zehra schelmisch zu.

»Der Verrufenste kommt zuletzt, sicherlich«, erwiderte Lawrence lächelnd. »Das ist Charles, der Earl of Lonsdale.«

Zehra drehte sich der Kopf vor lauter Namen. Die Damen befreiten sie behutsam aus Lawrence' Arm und zogen sie von der einschüchternden Gruppe von Männern weg.

»Kommen Sie mit uns«, sagte Emily. »Die Frauen möchten Sie gerne kennenlernen.«

»Zehra, was für ein schöner Name«, sagte Horatia. Ihre braunen Augen waren warm und weich.

»Danke«, stammelte Zehra.

»Ist es Persisch?«, fragte Emily.

»Ja, woher wussten Sie das?« Zehra war verblüfft, hier

jemanden zu finden, die den Ursprung ihres Namens kannte.

Emily kicherte. »Wir alle sind gefräßige Leser. Vor ein paar Monaten hat mich die Geschichte Persiens sehr interessiert. Woher kommen Sie genau, wenn ich fragen darf?«

»Südlich von Shiraz.«

»Ah, natürlich.« Emily nickte. »Wunderschöne Gärten, wie ich höre.«

»Ja, ich habe Lawrence erst gestern von den Gärten erzählt und wie wir Rosenwasser herstellen.«

»Sie machen das absolut *beste* Rosenwasserparfüm«, fügte Audrey hinzu. Ihr pausbäckiges Gesicht schien voller Unschuld zu sein, aber Zehra entging nicht die Intelligenz, die hinter ihren Augen aufblitzte.

»Ja«, stimmte sie zu. Sie schaute über ihre Schulter zu den Männern, die sich unterhielten und den Damen keine Aufmerksamkeit mehr schenkten.

»Zehra ... Stört es Sie, wenn ich Sie Zehra nenne?«, fragte Emily.

»Ganz und gar nicht, Euer Gnaden. Ist das die richtige Anrede für Sie?«

»Ja, aber bitte, unter Freunden immer Emily«, beharrte sie. »Wir Damen sind recht gut darin, Dinge zu entdecken, und Horatia ist aufgefallen, dass es etwas Wichtiges über Sie geben muss, da Lawrence darum gebeten hat, einen privaten Tanz zu Ihren Gunsten zu veranstalten.«

Zehra sagte dazu nichts. Sie war sich nicht ganz sicher, was Emily von ihr zu hören hoffte.

»Was sie meint«, schaltete sich Horatia ein, »ist, dass Sie eindeutig nicht irgendeine ... *Geliebte* von Lawrence sind. So etwas würde er nie von mir verlangen, es sei denn ... es gäbe etwas *Besonderes* an Ihnen.«

»Besonders?« Zehra schüttelte den Kopf. »Ich fürchte, ich bin nicht besonders. Weit gefehlt. Ich ...« Sie war sich nicht ganz sicher, was den Tränenfluss ausgelöst hatte, aber sie wischte sich nun krampfhaft die Augen. Vielleicht war es zu lange her, dass sie mit Frauen ihres Alters in einer zwanglosen und freien Umgebung und nicht auf einem Sklavenschiff zusammen gewesen war.

Emily legte ihr einen Arm um die Schultern, und die Dame wies sie an, sich auf eine Couch zu setzen. »Oh je. Es tut mir sehr leid, wenn ich Sie beleidigt habe.«

»Was können wir tun?«, fragte Audrey.

»Es tut mir leid, ich sollte wirklich nicht weinen. Wahrlich, Sie haben nichts getan, was mich beleidigen könnte.« Schon bald erzählte Zehra den Damen alles, was geschehen war, von dem Schreckensmoment in der Nacht, als der Palast angegriffen worden war, bis hin zu der kühnen Art, mit der Lawrence sie gerettet und hierher gebracht hatte.

»Sie sind wirklich eine persische Prinzessin?« Emily legte eine Hand auf ihr Herz. »Oh, also sind Sie wirklich etwas Besonderes.« Das Kompliment ließ Zehra erröten.

»Ja, mein Vater war ein Herrscher in seinem Gebiet

von Shiraz. Das ist der Grund, warum er getötet wurde. Al-Zahrani wollte die Macht meines Vaters, und er wollte mich für sein Bett.«

Alle drei Damen zuckten zusammen, und Horatia schaute finster drein.

»Haben Sie Lawrence nicht von diesem Al-Zahrani erzählt?«, fragte Audrey.

»Das habe ich, aber ich habe ihm nie gesagt, dass Al-Zahrani mir nach England gefolgt ist. Jeder, der sich zwischen mich und diesen üblen Mann stellt, bringt sich in größte Gefahr. Das ist der Grund, warum ich die Familie meiner Mutter nicht aufgesucht habe. Als ich ihn in den Gärten des Weißen Hauses belauschte, sagte er seinem Begleiter, dass er meiner Familie einen Besuch abstatten würde. Ich befürchte, dass er das Haus bewachen lässt, falls ich versuche, dorthin zu gehen.«

»Und Sie können Lawrence nicht schicken, weil Al-Zahrani ihn wahrscheinlich von der Auktion wiedererkennen würde.«

»Ja.« Zehra seufzte, ihr Atem stockte ein wenig. »Ich weiß, dass ich ihn verlassen muss, um ihn und meine Familie zu schützen.«

Emily schüttelte den Kopf. »Das habe ich auch einmal versucht. Sie müssen mir glauben, dass es nie gut ausgeht, wenn man Menschen zu ihrem eigenen Besten verlässt. Ich landete verwundet am Fuß der Treppe, nachdem ein Mann, der von mir Besitz ergreifen wollte, versucht hatte, mich zu töten. Godric war so wütend, dass er mich zwei Monate lang nicht mehr aus den Augen gelassen hat. Ich habe seine Aufmerksamkeit sehr genossen, aber einen Gentleman als Aufpasser zu haben, ist ziemlich ermüdend, vor allem bei privaten Teeverabredungen. Er warf meinen Begleitern immer wieder finstere Blicke zu, als erwarte er, dass sie jeden Moment ein Messer oder eine Pistole zücken würden. Männer sind ganz schön dumm.«

Zehra lächelte. »Was sollte ich Ihrer Meinung nach tun? Lawrence weiß nicht, dass Al-Zahrani hier ist, und Sie dürfen es ihm nicht sagen. Er wird etwas Mutiges und Edles tun ...«

»Und leichtsinnig. Sie haben völlig Recht. Ich bin sicher, Sie werden es ihm sagen, wenn die Zeit reif ist. Aber ich glaube, dass wir auf unsere Weise helfen können. Wer ist die Familie Ihrer Mutter? Lassen Sie uns dort beginnen.«

»Meine Mutter war die Tochter des Grafen von Denbruck.«

Audrey hielt sich einen Moment lang den Mund zu. »Ihr Großvater ist Lord Lyon? Oh, er ist so ein Schatz! Weiß er über Sie Bescheid?«

»Ich bin mir nicht sicher. Mir wurde gesagt, dass mein Großvater meine Mutter enterbte, als sie heiratete. Meine Mutter sprach selten von ihrer Familie in England.« Zehra griff nach ihrem Medaillon, in dem sich die Miniaturporträts ihrer Eltern befanden. »Ich habe

Angst, ihn zu besuchen, und das nicht nur, weil Al-Zahrani sein Haus bewacht.«

»Nun, *wir* können zu ihm gehen und mit ihm Tee trinken und ihn nach Ihrer Mutter fragen, wenn Sie möchten«, sagte Horatia. »Al-Zahrani wird nicht nach drei englischen Damen Ausschau halten, nicht wenn er erwartet, dass Sie an jene Tür klopfen werden.«

Zehra strahlte. »Halten Sie das wirklich für eine gute Idee?«

Emily nickte. »Ich bin mir ganz sicher. Keiner lehnt die Herzogin von Essex zum Tee ab.«

»Sie kann sehr taktvoll in ihren Fragen sein«, fügte Audrey hinzu. »Und erschreckend offen, wenn Taktgefühl versagt.«

Zehras Augen trübten sich wieder mit Tränen. »Danke.«

»Gern geschehen«, sagte Emily mit einem süßen Lächeln. »Jetzt trocknen Sie Ihre Augen, denn hier kommen die Herren. Wir können nicht zulassen, dass Lawrence Sie weinen sieht. Er könnte böse auf uns werden.« Ihr neckender Tonfall war tröstlich. Zehra konnte Emily und den anderen nicht sagen, dass ihr vielleicht nur noch sehr wenig Zeit blieb, um ihren Großvater zu sehen, ob er sie nun in seinem Haus willkommen hieß oder nicht.

Lawrence war der Erste, der sie erreichte. »Zehra. Was würdest du von einem Ball morgen Abend halten?

Ein kleiner im Haus von Lord Essex? Würde dir das gefallen?«

Zehra erhob sich und schlug die Hände zusammen. »Ja, das wäre wunderbar.«

»Ausgezeichnet.« Lucien tauchte hinter Lawrence auf und klopfte ihm auf den Rücken. »Ich sagte doch, dass es eine gute Idee ist.«

Lawrence starrte seinen Bruder an. »Natürlich ist das eine gute Idee - es war *meine* Idee.«

»Selbstverständlich.« Lucien zwinkerte Zehra zu. »Es scheint, dass wir einen privaten Ball haben werden. Der Trick wird sein, Mutter davon abzuhalten, es herauszufinden.«

Lawrence wurde blass. »Verdammt, ich habe nicht an sie gedacht. Sie ist ein verdammter Bluthund, der jedes gesellschaftliche Ereignis aufspüren kann. Was ist mit Linus? Sicherlich könnte er sie ablenken, sie für einen Abend in die Oper mitnehmen oder so etwas?«

»Das könnte funktionieren«, stimmte Lucien zu.

Zehra versuchte, sich ein Lächeln zu verkneifen, als sie sah, wie Lawrence und Lucien sich berieten. Es war ein bisschen so, als würde ein Mann mit seinem eigenen Spiegelbild sprechen.

»Lass mich das mit Mutter machen«, sagte Lucien schließlich. »Ich werde ihr sagen, dass sie ein Taufkleid für ihr erstes Enkelkind anfertigen lassen muss. Das wird sie beschäftigen.«

Die Männer im Raum kicherten, aber Emily und ihre rebellischen Damen verdrehten die Augen.

Audrey lehnte sich an Zehra und flüsterte hinter ihrer zarten behandschuhten Hand. »Diese Männer haben alle die dumme Vorstellung, dass sie uns mit Mode ablenken können. Unmöglich. Ich liebe Mode, aber sie würde mich nie von etwas ablenken, das ich für wichtig halte.«

Zehra lächelte die andere Frau an und spürte eine Verwandtschaft zwischen ihnen, wie sie sie schon lange nicht mehr empfunden hatte. In einem anderen Leben wären die Liga der Schurken und die Gesellschaft der rebellischen Damen vielleicht ihre besten Freunde geworden.

Sie lächelte Lawrence an, ein albernes Grinsen umspielte ihre Lippen. Als er zurücklächelte, hätte sie vor lauter Freude fliegen können.

Denk nicht an die wenigen Tage, die dir noch bleiben. Lebe in diesem Moment, damit du nicht spürst, wie dein Herz bricht.

KAPITEL 12

Emily St. Laurent, die Herzogin von Essex, saß im Salon von Lord Denbrucks Stadthaus in Mayfair und trank Tee. Neben ihr hielten Horatia und Audrey ebenfalls Teetassen in der Hand. Lord Denbruck, ein älterer Mann, der noch die Spuren seiner schönen Gesichtszüge trug, hatte die Damen mit Erzählungen aus seiner Jugend erfreut.

»Mylord«, sagte Emily in einer angemessenen Pause des Gesprächs. »Das Porträt hinter Ihnen – darf ich fragen, wer das ist?« Sie nickte höflich dem Abbild einer schönen Frau mit blondem Haar in einem grünen Kleid zu, die an einer mit englischem Efeu bewachsenen Säule lehnte. Die Frau war Zehras Mutter, Joan, da war sie sich sicher. Die Ähnlichkeit in den Augen war unheimlich. Obwohl Zehra dunkelhaarig war und ihre Haut die Farbe von Oliven trug, konnte man diese Augen nicht verwechseln.

»Das ist meine Tochter, Joan.« Lord Denbruck stieß einen Seufzer aus, in dem die ganze Müdigkeit der Welt zu liegen schien. »Ich habe noch zwei weitere Kinder, Elizabeth und Archibald. Joan war meine Älteste.« Er kicherte, obwohl es mehr Kummer als Humor enthielt. »Ich habe mir geschworen, keines meiner Kinder den anderen vorzuziehen, aber verdammt, sie gehörte mir.«

»Was ist mit ihr passiert?«, fragte Audrey.

Denbruck blickte zur Seite. »Sie ist gestorben. Das ist erst ein paar Wochen her. Sie lebte in Persien, wo sie einen örtlichen Schah, Rafay Darzi, geheiratet hatte, den sie kennenlernte, als ich dort über Handelsabkommen verhandelte.«

»Oh?«, erkundigte sich Emily.

»Das war vor mehr als zwanzig Jahren. Damals war ich ziemlich wütend auf sie. Ich dachte, sie sollte einen jungen Engländer heiraten und ...« Sein Ton wurde weicher. »Ich fürchte, ich habe alles mit Joan ruiniert. Sie heiratete trotzdem, und unsere Familie zerfiel, wie das eben so ist, wenn alle zu stur sind, sich zu bessern. Sie wollte nicht nach Hause kommen, um mich zu besuchen, und ich war zu stolz, sie darum zu bitten.«

Eine Träne kullerte über seine Wange, und Emily befürchtete, er würde nicht weiterreden, aber er tat es doch. »Ich habe Joan geliebt. Ich habe sogar den Mann, den sie geheiratet hat, akzeptiert, aber ich konnte mich einfach nicht dazu durchringen, sie anzuflehen, nach England zurückzukehren, um mich zu sehen. Ich beauftragte den Sohn eines Freundes, der in der Gegend geblieben war, auf sie aufzupassen. Im Laufe der Jahre schickte er mir Berichte, erzählte mir, wie es meiner Tochter, meinem Schwiegersohn und meinem Enkelkind geht.«

»Enkelkind?«, fragte Horatia. Sie und Emily tauschten siegessichere Blicke aus.

»Ja, meine Enkelin Zehra. Ich hatte nie die Gelegenheit, sie kennenzulernen, aber ich habe gehört, dass sie eine reizende Frau war. Erst vor kurzem erfuhr ich, dass Joan geplant hatte, Zehra eine Zeit lang nach England zu schicken und mich um meinen Segen zu bitten. Leider sollte das arme Mädchen nie die Gelegenheit dazu bekommen.«

Emily beugte sich vor. »Sollte? Sagen Sie mir nicht ...«

»Ja. Sie starb zusammen mit ihren Eltern. Schuld daran waren sich bekriegende Stämme oder ähnliches. Dieser Teil der Welt ist politisch unruhig. Ich habe erst vor ein paar Tagen erfahren, dass sie alle tot sind.« Er wischte eine weitere Träne mit seinen Fingern weg. »Verzeihen Sie, meine Damen, ich fürchte, ich habe das alles noch nicht ganz verarbeitet.«

Emily und ihre Freunde beeilten sich, ihm zu versichern, dass sein Gefühlsausbruch nicht unpassend war.

»Ich habe unseren Tee ruiniert, nicht wahr?«, fragte er schließlich.

»Nein, natürlich nicht.« Emily griff über den Teetisch und tätschelte seine Hand. »In ein paar Tagen werden wir Sie aber zu einem Ball einladen müssen. Mein Mann wollte sich mit Ihnen treffen, falls Sie sich uns anschließen möchten.«

»Das würde ich gerne«, antwortete Denbruck. »Mein Bart ist inzwischen vielleicht ein bisschen grau, aber ich liebe einen guten Tanz.«

»Wunderbar! Ich werde Ihnen bald eine Einladung schicken. Wir sollten Sie ausruhen lassen, Mylord.« Emily nickte ihren Freunden leicht zu, und sie ließen sich von Lord Denbruck zur Tür begleiten.

Als sie in ihre Kutsche stiegen, hüpfte Emily förmlich.

»Er wird sie sehen wollen, glaubt ihr nicht? Er weiß noch nicht, dass sie am Leben ist, aber sobald er es weiß, wird er überglücklich sein. Es ist *perfekt*.«

Horatia und Audrey stimmten beide zu.

»Wie können wir sie zusammenbringen?«, fragte Horatia.

»Das wird die Männer natürlich aufregen, aber ich denke, wir sollten Lord Denbruck zu unserem kleinen Ball morgen Abend einladen.« Emily zupfte an ihren Handschuhen und zog sie fest.

»Und wenn er sich weigert, zu kommen?«, fragte Audrey.

»Dann sagen wir ihm, warum. Es ist sinnlos, es geheim zu halten, wenn er sich weigert. Zu wissen, dass Zehra hier ist, dass sie lebt und es ihr gut geht ... Lord Denbruck wird sie unbedingt sehen wollen.«

»Aber was ist mit Al-Zahrani?« Die Augen von Horatia waren dunkel vor Sorge.

»Ich werde nicht zulassen, dass dieser böse Mann unsere neue Freundin schikaniert. Es ist ja nicht so, dass wir nicht schon einmal in Gefahr gewesen wären. Nur dieses Mal wissen wir genau, wer dahintersteckt. Vielleicht können wir die Liga auf Trab bringen. Sie könnten abwechselnd über Denbruck und seine Familie wachen. Wir müssen Lawrence natürlich sagen, dass Al-Zahrani hier ist. Er muss es wissen. Aber zuerst müssen wir Zehra mit Lord Denbruck bekannt machen. Sobald das geschehen ist, können wir einen Plan für ihre Sicherheit ausarbeiten.«

Emily biss sich auf die Lippe, tief in Gedanken versunken. Sie erinnerte sich nur zu gut daran, wie es sich anfühlte, machtlos und verängstigt vor einem Mann zu sein, der sie besitzen und brechen wollte. Zum Glück hatte Godric sie vor diesem furchtbaren Mann gerettet. Sie wollte nicht zulassen, dass Zehra dieses Schicksal noch einen Moment länger erleiden musste.

Emily war überzeugt, dass ihr Plan funktionieren würde. Es ging einfach darum, die Teile in der richtigen Reihenfolge zusammenzusetzen.

❦

AM ABEND DES BALLS WAR ZEHRA SEHR NERVÖS. SIE hatte noch nie an einer solchen Veranstaltung teilgenommen, aber sie hatte stundenlang auf dem Schoß ihrer Mutter zugehört, wie es dort zuging. Als sie die Treppe hinunterging, um Lawrence zu treffen, weiteten sich seine Augen, und seine Lippen spitzten sich. Sie lächelte, fühlte sich jedoch seltsam schüchtern. Eva hatte ihr beim Anziehen geholfen, und sie hatte sich heute Abend mehr wie eine Prinzessin gefühlt als jemals zuvor in Shiraz.

Sie trug ein saphirblaues Abendkleid in schlichtem, aber elegantem Stil mit dünnem Goldnetz über dem Mieder und einem Teil des Rocks. Es war ein Stil, der sie sehr an die Kleider in ihrer Heimat erinnerte. Der tiefe Ausschnitt bot einen schönen Blick auf ihr Dekolleté und die Neigung ihres Halses und ihrer Schultern. Das Mieder war mit goldenen Sternen in Form von Sternbildern bestickt. Die Schneiderin, Madame Ella, verfügte über eine ganze Reihe geschickter Näherinnen, die in ihren Entwürfen kreativ waren, was Zehra sehr gefiel.

»Mein Gott, du bist eine Vision«, sagte Lawrence, als sie ihn erreichte.

Er umfasste ihr Gesicht mit seinen Händen und küsste sie. Hitze loderte zwischen ihnen auf, und für einen Moment vergaß Zehra, wo sie war. Lawrence hatte eine Art, sie zu küssen, die die Zeit zu verschlingen schien und sie in einem Kokon wundersamer Gefühle gefangen hielt, in dem nichts anderes existieren konnte. Als sich ihre Lippen schließlich trennten, folgte sie ihm ein paar Zentimeter, als er sich zurückzog, und sie musste sich zurückhalten.

»So gern ich dich auch mit nach oben bringen und dich vernaschen würde, ich habe dir einen Ball versprochen. Außerdem darf ich die Herzogin von Essex nicht enttäuschen. Sie hilft gerne, und ich weiß, dass sie diese Veranstaltung mit besonderer Sorgfalt geplant hat.«

Zehra lächelte. »Sie ist ganz wunderbar. Alle deine Freunde sind es.«

Lawrence gluckste. »Ja, die Liga und ihre Frauen sind wunderbar, aber wenn du es wagst, meinem Bruder zu sagen, dass ich das gesagt habe, werde ich es bis zu meinem letzten Atemzug leugnen. Und jetzt komm mit. Unsere Kutsche wartet auf uns.«

Zehra legte ihren Arm in seinen, und sie verließen das Haus. Als sie Emilys Haus erreichten, wurde ihr Magen von einer neuen Legion von Schmetterlingen belagert. Sie berührte zaghaft ihren Bauch, was Lawrence mit einem Stirnrunzeln bemerkte.

»Geht es dir gut?«

»Oh, ja. Ich bin einfach nervös.«

Seine haselnussbraunen Augen wurden weicher. »Das ist nicht nötig. Du kennst bereits alle, die heute Abend anwesend sind. Du sollst Spaß haben. Es gibt nichts, worüber du dir Sorgen machen müsstest. Versprich es mir.« Er hob ihr Kinn hoch, als sie die Tür des Stadthauses erreichten.

»Ich verspreche es.«

»Gut.« Er klopfte an die Tür, und ein Lakai ließ sie eintreten. Goldenes Licht erhellte den Innenraum, und der Klang von Musik durchdrang bereits das Foyer. Der Lakai führte Zehra und Lawrence in einen kleinen Ballsaal, in dem einige Paare bereits tanzten. Zehra sah Godric und Emily beim Walzer tanzen, und das schöne Bild der beiden machte Zehra neidisch. Sie wollte auf diese Weise mit Lawrence tanzen. Ihn ganz nah zu spüren und die Musik in ihr Herz und ihre Seele strömen zu lassen.

Sie legte ihr Täschchen auf einen Stuhl an der Wand. »Können wir mitmachen?«

»Auf jeden Fall.« Lawrence streckte seine Hände aus. »Kennst du den Walzer?«

Sie nickte und stürzte sich in seine Arme. »Meine Mutter stellte einen Lehrer ein, der mir alle englischen Tänze beibrachte, aber er war ein sehr alter Engländer.«

Er zog sie an sich, und sie errötete. »Es ist eine ganz andere Erfahrung, mit einem Liebhaber Walzer zu tanzen«, sagte er so leise, dass nur sie es hören konnte.

Sie begannen zu tanzen. Der private Ball war genau so, wie sie es sich erträumt hatte: Kerzenlicht, Musik, Herzklopfen, ein Summen in ihrem Körper, weil sie sich in diesem Moment so wohl fühlte. Es war, als ob jedes bisschen Dunkelheit in ihrem Herzen verbannt worden wäre. Sie wusste nicht mehr, wie viele Tänze aufgespielt wurden, aber sie tanzte jeden einzelnen mit Lawrence, auch wenn die anderen Herren Lawrence scherzhaft baten, sie zu teilen. Er wies jeden von ihnen zurück. Sie tanzte eine Quadrille, einen Walzer, ein Menuett und sogar einen Boulanger, was sie zum Lachen brachte, als sie mit den anderen im Kreis tanzte.

Und trotz ihrer Bemühungen verliebte sie sich mehr und mehr in ihn. Sie hatte genau das getan, von dem sie wusste, dass es gefährlich für ihr Herz sein würde: Sie hatte sich in einen Mann verliebt, den sie nie wieder sehen würde. Als der Tanz endete, stachen ihr Tränen in die Augen.

Lawrence zog sie zu sich heran. »Alles in Ordnung?«, fragte er, wobei sein hübsches Gesicht von Sorge überschattet wurde.

Sie neigte den Kopf. »Ja.«

»Ich wollte, dass dies ein besonderer Abend wird, weil ...« Sein Gesicht war jetzt knallrot.

»Ja?« Ihr Herz begann zu klopfen, und sie fürchtete zu sehr, er könnte jenes törichte Gefühl, das man *Hoffnung* nennt, in ihr aufblühen lassen, obwohl sie es besser wusste, als zu glauben, dass er es könnte.

Die Türen des Ballsaals öffneten sich, und ein rothaariger Mann stürmte herein, flankiert von mehreren anderen, die alle grimmig dreinschauten. Die Geigen hielten quietschend inne und unterbrachen den

Tanz, während sich alle um Zehra und Lawrence herum den Männern in der Tür zuwandten.

Lucien trat vor. »Avery? Was hat das zu bedeuten?«

»Avery …«, flüsterte Zehra den Namen, und ihre Brust füllte sich mit Angst. Das war Lawrences Bruder, der Mann, der sie mitnehmen, sie auf ein Boot setzen und sie zurück in ein Zuhause schicken würde, in dem sie alles verloren hatte.

»Zehra«, sagte Lawrence langsam. »Stell dich sofort hinter mich.« Er stellte sich vor sie, die Arme schützend ausgestreckt.

»Lawrence, Sie werden hiermit aufgefordert, die Frau, die sich in Ihrem Besitz befindet, auf Anweisung des Innenministeriums zu übergeben. Wenn Sie dem nicht nachkommen, werden Sie verhaftet und müssen mit einer Anhörung vor dem Haftrichter rechnen.«

»Was in Gottes Namen tust du da?«, knurrte Godric. »Du hast nicht das Recht …«

»Euer Gnaden, ich fürchte, ich habe nicht nur das Recht, sondern auch die Pflicht. Im Auftrag der Krone.« Avery hielt Godric ein Papier hin. Dieser las sich das Schreiben durch, und sein Gesicht verlor an Farbe, als er es wortlos an Lucien weiterreichte. Lucien überflog die Seite und blickte zwischen Avery und Lawrence hin und her, seine Lippen waren schmal, als er Avery das Papier zurückgab.

»Was?« Emily meldete sich zu Wort. »Was ist los? Was steht dort?«

Godric räusperte sich. »Sie haben die Befugnis, Zehra sofort festzunehmen und Lawrence und alle anderen, die sich widersetzen, zu inhaftieren.«

»Inhaftieren?« Horatia umklammerte den Arm ihres Mannes. Lucien starrte Avery fest an.

Godrics Stimme wurde hart, doch es lag ein Hauch von Niederlage darin. »Meine Damen, wenn Sie so freundlich wären, im anderen Zimmer zu warten, während wir die Sache klären.«

Emilys Augen weiteten sich. »Godric, nein. Ich werde das nicht zulassen. Es gibt Dinge, die ihr alle hören müsst, bevor ihr überstürzt ...«

»Emily, meine Liebe, es macht mir keine Freude, das zu sagen, aber ihr müsst alle sofort den Raum verlassen. Ich werde nicht zulassen, dass du ein Teil dessen wirst, was geschehen muss.«

»Godric, du verstehst nicht ...«

Aber der Herzog von Essex hatte bereits den Dienern im Raum zugenickt, die Emily und die anderen hinausbegleiteten, bevor sie ihren Protest beenden konnten, obwohl Emily es schaffte, herauszuplatzen, dass sie alle in dieser Sache unglaublich stur waren. Nicht, dass ein Mann ihr zugehört hätte.

Jetzt standen nur noch Lawrence und die Liga Averys Männern gegenüber, und Zehra saß zwischen ihnen. Sie presste sich gegen Lawrence' Rücken, und jeder Muskel, den sie berührte, war hart wie Stein. Sie schloss die

Augen und akzeptierte mit Schrecken und Herzklopfen, was sie tun musste.

»Lawrence ... ich muss mit ihm gehen«, sagte sie. Sie versuchte, um ihn herumzugehen, aber er bewegte sich mit ihr und hielt sich zwischen ihr und seinem Bruder.

»Nein. Ich werde nicht zulassen, dass er dich mitnimmt. Nicht nach allem, was ...« Seine Stimme brach. Seine haselnussbraunen Augen glitzerten, und sie befürchtete, dass sie nicht in der Lage sein würde, das zu tun, was sie tun musste, wenn er weinte.

Zehra biss sich auf die Lippe. Ihr Herz zerbrach, und dem Blick in Lawrences Augen nach zu urteilen, ging es ihm genauso.

»Du hast so viel für mich getan, Lawrence, mir in den letzten Tagen so viele wunderbare Dinge geschenkt, und das werde ich nie vergessen. Ich werde dich nie vergessen.« *Solange ich lebe, gehört dir mein Herz, egal wie weit wir voneinander entfernt sind.*

Zehra krallte ihre Finger in seine Weste, zog ihn an sich und küsste ihn vor allen Anwesenden. Sie würde nie wieder eine Gelegenheit dazu bekommen. Ihr Mund zitterte, als sie versuchte, diesen letzten Kuss in ihre Seele einzuprägen. Es würde nie genug sein, aber es war alles, was sie jemals bekommen würde. Sie zog sich zurück, hielt sich den Handrücken vor den Mund und unterdrückte ein Schluchzen.

»Nein«, flehte Lawrence. »*Nein* ...« Er streckte die Hand aus, um sie festzuhalten, aber sie stolperte davon.

Sie musste gehen. Es gab keine andere Möglichkeit, ihn vor Al-Zahrani - oder Avery - zu schützen.

»Verzeih mir, Lawrence.« Sie konnte vor lauter Schmerz in ihrer Kehle kaum sprechen, als sie sich von ihm löste.

KAPITEL 13

A very traf Zehra auf halbem Weg durch den Ballsaal und hielt sie am Arm fest. Sie zuckte zurück, nicht vor Schmerz, sondern wegen der Erinnerung an die Nacht, in der der Auktionator sie auf die gleiche Weise gepackt hatte. Nicht als Person, sondern als Sache.

»Avery, das kannst du nicht tun!«, sagte Lawrence in einem Tonfall voller Wut und Panik. »Wenn du sie zurückschickst, wird Zehra wieder in die Sklaverei geraten.«

Avery schüttelte den Kopf. »Ich versichere dir, dass gegen die Sklavenhändler vorgegangen wird, sowohl hier als auch im Ausland. Und ich habe dich davor gewarnt, dass dies getan werden muss.«

»Ja, in einer *Woche*«, erwiderte Lawrence. »Diese Zeit

ist noch nicht vorbei. Warum dieser plötzliche Auftritt? Warst du nicht zufrieden damit, dass die Angelegenheit friedlich abgeschlossen wird? Du wolltest eine große Machtdemonstration? Warum?«

Averys Gesicht verhärtete sich. »Die Dinge haben sich geändert, Bruder. Der persische Botschafter wurde über die Geschehnisse im Weißen Haus informiert und forderte in seiner Empörung eine rasche Aufklärung der Affäre. Irgendwie hat er erfahren, dass du im Besitz einer dieser Frauen bist, und er hat darauf bestanden, dass wir sofort etwas unternehmen.«

Lawrence' Stimme hob sich. »Ich besitze keine ...«

»Das hier ist größer geworden als deine Spiele oder dein Bedürfnis, den Helden zu spielen, um deine Lust zu befriedigen, Lawrence. Es geht um die Stabilität unseres Reiches.«

»Lust?« Lawrence schrie jetzt. »Es ging *nie* um Lust. Es ging um Gerechtigkeit, Fairness, Mitgefühl und ... und *Liebe*.« Er sprach das Wort in stiller Ehrfurcht, und da es im Ballsaal still geworden war, hörten es alle.

Avery schnaubte, was Lawrence nur noch entschlossener zu machen schien. »Ich schwöre bei Gott, ich werde um sie kämpfen, wenn es sein muss. Deine Autorität sei verdammt.«

Zehra erschauderte angesichts der beängstigenden Dualität eines Mannes, der sie so sehr lieben und gleichzeitig seinen Bruder bedrohen konnte.

»Sei kein romantischer Narr, Lawrence.« Avery winkte den Männern hinter ihm zu. »Sechs gegen einen. Du warst schon immer dumm in der Wahl deiner Kämpfe.«

»Ich würde sagen, die Chancen stehen eher sechs zu sechs.« Godric trat vor und ließ die Muskeln spielen. Die übrigen Mitglieder der Liga, Jonathan, Charles, Ashton und Lucien, kamen alle nach vorne und nickten Lawrence zu, um ihre Unterstützung zu zeigen.

»Ich entschuldige mich. Ich habe mich verzählt, Euer Gnaden«, sagte Avery. »Aber ich spreche für die Krone, und die Krone spricht für das Reich. Ihre Titel und Privilegien können Sie in dieser Angelegenheit nicht schützen. Sie alle werden angeklagt, wenn Sie sich widersetzen. Bitte macht diese Sache nicht so schwer.«

Charles lachte. »Leider ist das nicht das erste Mal, dass ich diese Drohung höre. Das hat mich damals nicht erschreckt, und ich kann nicht sagen, dass es mich jetzt erschreckt. Ich bin ganz zufrieden damit, an der Seite von Lawrence zu stehen, so wie jeder Mann hier mit mir.«

Einer nach dem anderen rückten sie näher zusammen, als ob sie sich auf einen Kampf vorbereiten würden. Zehra konnte nicht glauben, was sie da sah. Die Liga hatte sich hinter Lawrence geschart. Für sie.

»Lawrence, sei vernünftig.« Averys Griff um Zehras Arm lockerte sich, als er seinen Bruder anflehte. »Sie würde doch ohnehin bald nach Hause zurückkehren. Was spielt es für eine Rolle, ob es heute oder morgen ist? Zwing mich nicht, das zu tun.«

»Das ist *falsch*, und das weißt du«, warnte Lawrence.

Avery senkte den Kopf. »Es tut mir leid. Ich wollte das nie. Aber ich habe meine Befehle, und ich kann sie nicht missachten. Du hast keine Ahnung, was hier auf dem Spiel steht«.

»Was soll es dann sein, Avery? Deine Pflicht, oder deine Familie und Freunde?« Lawrence ließ die Drohung im Raum schweben.

Avery hielt Zehra fester am Arm. »Du verlangst von mir, dass ich mich zwischen meiner Familie und meinem Land entscheide. Ich denke, du weißt, wie meine Antwort lauten wird.«

Alles, was danach kam, war ein beängstigendes Durcheinander. Avery rief seinen Männern zu, sich zu wehren, als die Liga und Lawrence auf sie zustürmten. Avery wich, immer noch Zehras Arm umklammernd, schrittweise zurück, während er sie zur Tür trieb. Im Ballsaal herrschte Geschrei und Chaos, als eine handfeste Schlägerei ausbrach.

»Bleib zurück, ich will nicht, dass du verletzt wirst.« Averys Hände waren sanft, als er sie abschirmte, während die Liga gegen die Bow Street Runners kämpfte. Zum Glück wagte es niemand, eine Waffe zu ziehen. Jede Seite entschied sich stattdessen dafür, mit der anderen zu boxen oder zu ringen und zu versuchen, sie zur Aufgabe zu zwingen. Zehra versuchte, einen Blick auf Lawrence zu erhaschen. Ihr Herz raste, als eine Welle der Panik über sie hereinbrach.

»Hier entlang.« Avery und Zehra erreichten die Tür zum Ballsaal, aber Avery wurde plötzlich gegen die Wand neben der offenen Tür geschleudert. Lawrence hielt ihn an der Kehle fest und drückte ihn gegen die Wand.

»Wenn du sie mir wegnimmst«, zischte Lawrence, »werde ich dir nie verzeihen. *Niemals.*«

Averys Griff um Zehras Arm lockerte sich, seine Finger glitten von ihr ab, und er seufzte. Seine haselnussbraunen Augen brannten vor Bedauern. »Dann nimm sie, verdammt noch mal. Aber du *wirst* die Konsequenzen tragen.«

Zehra stolperte zurück und rieb sich das Handgelenk. Erst jetzt bemerkte sie, dass andere nur wenige Meter von ihr entfernt in der Tür des Ballsaals standen. Eine elegante rothaarige Frau und ein gut aussehender älterer Mann mit silbernem Haar. Und hinter ihnen standen Emily und die anderen Frauen, die nicht gerade erfreut über ihre kürzliche Verbannung aussahen.

»Was in Gottes Namen ist hier los?«, wollte die ältere Frau wissen. Ihr Tonfall durchdrang den Raum mit der Wucht eines Blitzes. Die Kämpfe kamen zu einem abrupten Ende, als Avery seinen Männern befahl, sich zurückzuziehen.

Lawrence ließ Avery los und ging zu Zehra, um ihre zitternde Hand in seine zu nehmen. »Mutter?«

Mutter? Das war die Mutter von Lawrence? Zehra konnte die Ähnlichkeit ihrer Gesichtszüge natürlich nicht übersehen, aber es war dennoch ein Schock. Der Blick der älteren Frau glitt zu Zehra, und ihr Gesicht verlor jegliche Farbe.

»Nein, das kann nicht sein ...«

Es war jedoch nicht die Frau, die das sagte. Der alte Mann neben Lady Russell machte einen langsamen Schritt nach vorne, seine Hände zitterten, als er sie zu Zehra ausstreckte. Vor jedem anderen hätte sie sich zurückgezogen ... aber er hatte etwas Familiäres an sich. Er beruhigte sie auf eine Weise, die sie sich nicht erklären konnte. Der Mann starrte auf ihr Medaillon.

»Das Wappen der Familie Denbruck. Bei Gott, du bist es wirklich ... Aber wie? Mir wurde gesagt ...« Der Mann starrte Zehra an, als wäre sie eine seltsame Mischung aus Gespenst und Wunder.

»Wer ist sie?«, fragte Lady Russell.

»Es ist die ... Tochter meiner verstorbenen Tochter. Little Zehra. Meine Wüstenrose.« Seine Stimme brach, als er ihr Gesicht berührte.

»Sie ... Sie wissen von mir?«, fragte Zehra, zu ängstlich, um zu hoffen, dass die Antwort, die er ihr gab, diejenige war, die sie zu hören wünschte.

»George Lyon, Graf von Denbruck, aber was noch wichtiger ist: Ich bin dein Großvater.« Er lächelte zögernd und öffnete seine Arme für sie. Einen Moment lang konnte Zehra nicht atmen und starrte ihn nur an, diesen Mann, der ihre Familie war und sie mit offenen Armen erwartete.

Sie stürzte zu ihm und drückte ihr Gesicht an seine Brust. Er war größer, als sie es sich vorgestellt hatte, und seine Arme waren stark, als er sie hielt. *Mein Großvater ... Er ist wirklich hier ...* Sie schloss ihre Augen fest, um die Tränen zu unterdrücken, die bald kommen würden.

Lawrence' Mutter erholte sich schneller als die anderen, die sich um sie versammelt hatten. Emily und die anderen Damen kamen zu ihr an die Tür. »Jemand sollte mir besser erklären, was hier vor sich geht. Lawrence, Avery, warum streitet ihr euch schon wieder? Und wo wir schon davon reden, was soll diese Schlägerei? Ich verlange Antworten, und bei Gott, ich *werde sie* bekommen.«

Die Herzogin von Essex kam nun an die Seite von Lady Russell. »Darf ich Sie hier entlang bitten, Lady Russell.« Sie flüsterte der Matriarchin etwas ins Ohr. Die ältere Frau nickte, und dann verließ sie gemeinsam mit Emily den Raum, wobei sie ihren Söhnen einen Blick zuwarf, der andeutete, dass die Angelegenheit noch lange nicht erledigt war.

Zehras Kehle schnürte sich zu, als sie sich zu ihrem Großvater umdrehte. »Könnte ich eine Minute allein mit Ihnen sprechen, Mylord?«, fragte sie, während ihre Nerven am Rande eines Zusammenbruchs schwebten.

»Natürlich. Für dich tue ich alles«, sagte Lord Denbruck und lächelte.

Lucien nickte der Liga und den übrigen Damen zu. »Wir werden hier aufräumen. Avery, nimm deine Leute und geh nach Hause, es sei denn, du hast die Absicht, die Enkelin eines Adligen nach Persien zu verschiffen?«

»Nein. Natürlich nicht«, sagte Avery in einem harten Ton.

Denbruck legte schützend einen Arm um Zehras Schultern. »Was soll das heißen?«

»Es scheint sich um ein Missverständnis zu handeln, Mylord«, sagte Avery. »Hätte sich jemand die Mühe gemacht, mich zu informieren, hätten wir nie ...« Er brach ab, seine Augen wurden weicher, als er Zehra einen entschuldigenden Blick zuwarf. »Mylady, hätte ich gewusst, dass Sie mit Lord Denbruck verwandt sind, ich schwöre, ich hätte diese Angelegenheit viel früher und viel freundschaftlicher gelöst. Bitte verzeihen Sie mir.«

Zehra nickte leicht. Sie verstand es, vielleicht besser als Lawrence es tat. Es ging ihm um den Frieden zwischen den Völkern. Ihr Vater hatte vor ähnlich schweren Entscheidungen gestanden. Manchmal war das, was richtig war, nicht dasselbe wie das, was getan werden musste. Aber sie befürchtete, dass die Brüder ihre Beziehung verlieren würden, nur wegen ihr.

Avery forderte seine Männer auf zu gehen. Alle anderen hatten den Raum inzwischen verlassen, aber Lawrence weigerte sich, zu gehen.

Sie nahm seine Hände in die ihren. »Lawrence, bitte warte draußen auf mich.«

Seine Augen suchten ihr Gesicht ab. »Ich habe Angst, dass du verschwindest, wenn ich meine Augen schließe. Das wirst du nicht, oder? Ich darf dich nicht verlieren, Zehra.«

Seine Worte ließen sie vor Angst und Hoffnung gleichermaßen erzittern. »Nein. Ich werde nirgendwo hingehen«, versprach sie. Sie hatte dasselbe Gefühl bei ihm, als ob er in dem Moment, in dem er durch die Tür trat, verschwinden würde. Er warf Denbruck einen Blick zu und nickte, und dann waren die beiden endlich allein.

»Mylord«, wandte sie sich an den älteren Mann.

»Großpapa oder George, bitte. Ich bestehe darauf. Wir sind eine Familie.«

»Großpapa.« Sie testete das Wort, und es fühlte sich richtig an. »Meine Mutter und mein Vater sind ... tot.«

»Ich weiß, Kind.«

Der Schock ließ sie wie angewurzelt neben ihm stehen. »Wirklich?«

»Ja. Das habe ich vor ein paar Tagen gehört.«

»Aber ... wie?«

Er seufzte schwer. »Vor langer Zeit habe ich einen Freund beauftragt, auf deine Mutter und deinen Vater aufzupassen. Ich hatte ein schlechtes Gewissen, weil ich meine Familie auseinandergerissen habe und der Vereinigung deiner Eltern nicht meinen Segen gegeben habe. Ich war ein stolzer Mann, bin es immer noch, aber die

Zeit heilt alte Wunden, wie man sagt, und ich sorgte mich mehr um ihr Glück und ihre Sicherheit. Ich wusste von dem Moment an, als du geboren wurdest, hörte Geschichten über deine Kindheit, deine Leistungen ... Es war mein Traum, dich einmal kennenzulernen. Ich wünschte nur ...« Seine Stimme wurde wieder rau. »... es wäre unter glücklicheren Umständen geschehen. Sag mir, wie bist du nach England gekommen? Mein Freund Michael glaubte, auch du seiest umgekommen. Er sagte, ein Mann namens Samir Al-Zahrani habe einem anderen Schah geholfen, den Palast zu stürmen und die Menschen darin zu töten.«

Sie spannte sich an, denn sie wusste, dass die Wahrheit ans Licht kommen musste. Sie wünschte sich nur Ehrlichkeit zwischen ihnen.

»Meine Eltern vertrauten Al Zahrani, aber er hat uns alle betrogen und mich zu seiner Konkubine gemacht. Ich entkam, wurde aber von Sklavenhändlern entführt und an ein englisches Bordell verkauft.«

George schnappte nach Luft. »Mein Gott. Zehra, geht es dir gut? Hat dir jemand wehgetan?«

»Ja, mir geht es gut«, beruhigte sie ihn. »Lawrence Russell war mein Retter. Er war dort, um die Auktion aufzuhalten, und er hat mich gekauft, um mich zu schützen. Ich hatte zu viel Angst, ihm von dir zu erzählen. Al Zahrani war immer noch auf der Suche nach mir, und ich habe gehört, wie er gedroht hat, jeden zu töten, der sich ihm in den Weg stellt.« Sie zögerte und wurde rot. »Ich befürchtete, dass dein Leben in Gefahr ist, wenn ich versuche, dich zu finden. Und ...« Wieder rang sie um die richtigen Worte. »Ich habe befürchtet, dass du nichts mit mir zu tun haben willst.«

Tränen kullerten über die Wangen ihres Großvaters. »Hätte ich das gewusst, hätte ich dir den Kummer ersparen können, mein Kind. Als Michael mir erzählte, er habe gehört, dass du möglicherweise auf dem Weg nach London bist, hatte ich die feste Absicht, dich zu finden und zu treffen. Ich will *alles* mit dir zu tun haben. Ich bedaure nur, dass deine Mutter nie erfahren wird, wie glücklich ich bin, dass ich dich endlich gefunden habe. Du musst noch heute Abend mit mir nach Hause kommen.«

»Aber der Mann, der mich entführt hat, Al-Zahrani, ist immer noch da draußen. Du wirst nicht sicher sein, nicht solange ich bei dir bin.«

»Sagten Sie Al-Zahrani?« Eine Stimme von der Tür her ließ Zehra aufhorchen. Avery stand in der Tür und beobachtete sie. Lawrence stand direkt hinter ihm und starrte seinen Bruder an.

. »Äh ... ja«, sagte Denbruck. »Meine Enkelin sagt, dass er sie entführt hat und dass er gedroht hat, jeden zu töten, um sie wieder in die Finger zu bekommen.«

»Was?« Lawrence konzentrierte sich jetzt auf Zehra, seine Augen waren groß. »Warum hast du mir das nicht gesagt?« Er ging an seinem Bruder vorbei zu ihr herüber und nahm ihre Hände in die seinen. Lord Denbruck starrte mit stummer Neugierde auf ihre vereinten Hände.

»Weil ich wusste, dass du ihn suchen würdest«, gestand sie Lawrence. »Ich konnte nicht zulassen, dass du dein Leben für mich aufs Spiel setzt.«

»Sie hat Recht«, sagte Avery. »Du wärst töricht genug gewesen, dich kopfüber in die Gefahr zu stürzen. Um ihn zu einem Duell herauszufordern oder so einen verdammten Blödsinn.« Er blickte zu Zehra. »Miss Darzi, Sie sollten wissen, dass Al-Zahrani nicht mehr in London ist. Wir wissen von diesem Mann und lassen ihn verfolgen. Er gehörte zwar nicht zu den Sklavenhändlern, die Sie nach London brachten, aber er war in jener Nacht im Weißen Haus. Ich vermute, dass er es war, der den Botschafter über Sie informiert hat, was erklären könnte, warum er darauf bestanden hat, dass wir so eilig handeln. Ich fürchte, wenn ich meine Befehle befolgt hätte, wären Sie vielleicht tatsächlich wieder in seinen Fängen gelandet.«

Zehras Hand flog zu ihrem Mund, aber Avery fuhr schnell fort. »Meine Männer haben ihn nach Brighton verfolgt, wo sie den Befehl haben, ihn festzunehmen und nach Hause zu schicken. Und wenn er Widerstand leistet ... nun ja ...«, ließ Avery die Drohung auf sich beruhen. Er sah zu seinem Bruder Lawrence, der seufzte und ihm verständnisvoll zunickte.

»Ich bringe dich zur Tür, Avery.« Lawrence drückte

Zehra die Hände. »Ich bin gleich wieder da.« Er ging, um seinen Bruder zu verabschieden.

Denbruck lächelte wieder. »Siehst du? Dann ist ja alles gut, mein Kind. Du kommst sofort mit mir nach Hause. Ich möchte, dass du dich ausruhst, und du hast eine Tante und einen Onkel, die dich kennenlernen wollen. Und wir müssen dich natürlich in die Gesellschaft einführen, wenn du dazu bereit bist.«

Bei dem Gedanken an all das wurde ihr schwindelig. Sie wollte mit ihm gehen, aber sie wollte auch bei Lawrence bleiben.

»Möchtest du mit mir kommen?«, fragte er in sanftem Ton.

Sie biss sich auf die Lippe und nickte. »Aber bitte, Großpapa, ich muss mit Lawrence sprechen, bevor wir gehen.«

Die blauen Augen des Grafen schärften sich. »Ich muss erst mehr über ihn wissen. Hat er dir irgendetwas Schlimmes angetan? Sag das Wort, und ich werde ...«

»Nein! Er war wunderbar. Er gab mir alles, was ich brauchte. Er war mutig und stark und süß und ...« Tausend andere Worte, um ihn zu beschreiben, kamen ihr nicht über die Lippen. *Liebevoll, leidenschaftlich, zärtlich, wunderbar, verrucht ...*

»Und du hast dich in den Jungen verliebt?« Ihr Großvater gluckste. »Das sollte mich nicht überraschen. Die Jungs von Lady Russell sind charmant. Verdammte

Schurken sind sie alle, aber auch verdammt gute Männer. Hat er dir das Herz gebrochen?«

»Nein«, antwortete sie ehrlich. »Ich liebe ihn. Und er liebt mich.«

Denbruck verschränkte die Arme. »Nun, du solltest verstehen, dass dies alles sehr ungewöhnlich ist. Nach allem, was man hört, ist das ein Skandal, aber es wird nicht schwer sein, die Dinge zu klären, nehme ich an. Ich werde ihn dich besuchen lassen, wenn du richtig in die Gesellschaft eingeführt wurdest. In ein paar Monaten kann er mit Blumen und anderem Blödsinn vorbeikommen und mit dir in den Park reiten oder was auch immer junge Männer heutzutage mit ihren Frauen machen.«

»Ein paar Monate?«

»Ich fürchte, so werden die Dinge gehandhabt. Wenn ihr beide euch jetzt schon füreinander entscheidet, bevor du überhaupt in die Gesellschaft eingeführt worden bist, fürchte ich, dass es für euch beide sehr schwierig werden könnte. Klatsch und Gerüchte würden euer beiden Namen schaden. Ein paar Monate werden die Liebe nicht aufhalten, wenn es das ist, was ihr beide empfindet. Und jetzt bringen wir dich nach Hause. Wir werden zuerst mit dem Jungen sprechen, und dann ist es an der Zeit, dass wir beide uns kennenlernen. Ich habe viel zu viele Jahre deines Lebens verpasst. Ich will keinen Moment mehr verpassen.«

Zehra wischte sich eine Träne weg, als sie den Ballsaal verließen, um Lawrence zu suchen.

❧

LAWRENCE GING IM FOYER AUF UND AB. ER UND Avery hatten sich einige Minuten in Ruhe unterhalten und sich beide entschuldigt. Er hatte seinen Bruder umarmt und nach Hause geschickt, aber er war nicht in den Ballsaal zurückgekehrt. Er wollte Zehra etwas Zeit mit ihrem Großvater schenken. Alle, die an den Aktivitäten des heutigen Abends beteiligt gewesen waren, hatten sich höflich aus dem Staub gemacht, so dass er ganz allein warten musste. Endlich kamen Zehra und ihr Großvater aus dem Ballsaal. Lawrence nickte Denbruck respektvoll zu.

»Mylord.«

»Mr. Russell?«, Denbruck nickte zurück. »Meine Enkelin hat mir von Ihnen erzählt und von der Art Ihrer Hilfe für sie. Ich kann nicht ausdrücken, wie dankbar ich bin, dass Sie in dieser Nacht da waren, um ihr zu helfen.«

»Es war mir eine Ehre, Mylord.« Lawrence begegnete seinem Blick. »Und mit Ihrer Erlaubnis ...«

»Himmel, Junge, dafür haben wir später noch genug Zeit. Sie dürfen mich morgen aufsuchen, wenn Sie wollen, und ich gebe euch beiden meinen Segen, natürlich nur, wenn ihr die entsprechenden Voraussetzungen erfüllt.« Er lächelte traurig. »Sie wollen sie mir wegnehmen, bevor ich sie überhaupt kennengelernt habe.« Er beugte sich vor und küsste Zehra auf die Wange. »Ich warte draußen auf dich. Als Ihre Gnaden mich heute Abend hierher einlud, war ich ehrlich gesagt nicht in der Stimmung zu tanzen, also ließ ich meine Kutsche vorne stehen, für den Fall, dass ich schnell wieder würde verschwinden wollen. Ich habe vor, davon Gebrauch zu machen.« Er gluckste und gab Zehra einen Kinnhaken, als wäre sie ein zehnjähriges Kind und keine zwanzigjährige Frau.

Sobald er gegangen war, zog Lawrence Zehra in seine Arme und hielt sie mit einer Heftigkeit fest, die ihn selbst überraschte.

»Herr, ich dachte, ich würde dich verlieren.« Der Schrecken, den er durchgemacht hatte, als Avery versucht hatte, sie zu entführen, war schlimmer gewesen als alles, was er je in seinem Leben erlebt hatte. Er hatte gewusst, dass er sie heiraten und ihr alles geben würde, was er im Leben tun konnte, um sie glücklich zu machen, selbst wenn er dafür seinem Land trotzen müsste.

»Lawrence, du musst nicht das Ehrenhafte tun«, sagte sie, und in ihrer Stimme lag ein zitternder Ton, der ihm einen Stich ins Herz versetzte.

»Niemand hat mich jemals gezwungen, etwas Ehrenhaftes zu tun«, antwortete Lawrence. »Ich bin ein Schurke, Liebling. Wenn ich etwas tue, dann nur, weil ich es will. Und ich habe beschlossen, dass ich meine persische Prinzessin in meinem Bett, in meinem Leben und in meinem Herzen haben möchte. Oder willst du mir das verweigern?« Er legte seine Finger unter ihr Kinn und neigte ihren Kopf zurück, so dass er ihr tief in die strahlend blauen Augen sehen konnte.

»Solange du mich liebst, nein, ich würde dir nichts abschlagen.«

»Gut. Denn ich werde einen Weg finden, dich davon zu überzeugen, dich in mich zu verlieben.«

Sie legte den Kopf schief und machte ein enttäuschtes Gesicht. »Ich fürchte, das wird nicht möglich sein, Mylord.«

Lawrence war verwirrt. »Oh? Warum ist das so?«

»Man kann niemanden von etwas überzeugen, wenn er bereits weiß, dass es wahr ist«. Ein schüchterner Ausdruck flog über Zehras Gesicht. »Aber vielleicht sollte ich *so tun,* als ob ich verführt werden müsste. Ich würde gerne erfahren, wie du mich zu überzeugen versuchst.«

»Das werde ich sicher tun, sobald ich dich allein erwische.« Er drückte seine Lippen in einem langsamen, süßen Kuss auf die ihren und genoss das Gefühl, sie in seinen Armen zu halten. Aber er musste sie gehen lassen, zumindest für den Moment. Nicht lang und doch zu lang, alles gleichzeitig.

»Wirst du von mir träumen?«, fragte er sie und grinste dabei. Er versuchte, zuversichtlich zu wirken, aber tief in seinem Inneren fürchtete er immer noch, dass sie ihm entgleiten könnte. Es hinterließ bei ihm einen bittersüßen Schmerz in der Brust.

»Ich werde immer von dir träumen, mein böser Schurke.« Sie küsste ihn noch einmal, bevor sie ihn allein im Korridor stehen ließ. Sie begleitete ihren Großvater nach draußen und nahm sein Herz mit.

EPILOG

Lawrence stand im hinteren Teil des überfüllten Saals und sah zu, wie die schönste Frau der Welt die Stufen zur Haupttanzfläche herunterkam. In ihren Augen war kein Kummer zu sehen, kein Hinweis auf den Schmerz, den sie erlitten hatte. Der Mann, der sie in London gejagt hatte, Al-Zahrani, befand sich nach einer Seeschlacht mit der Handelsflotte von Ashton Lennox auf dem Grund des Ozeans. Zehra war in Sicherheit. Jetzt und für immer.

»Miss Darzi!« Ihr Name wurde vom Zeremonienmeister verkündet, und die Menge brach in Beifall aus.

»Ist das zu glauben? Denbrucks Enkelin?«, murmelte eine Dame vor ihm zu einer Freundin. »Sie ist eine Prinzessin, weißt du.«

»In der Tat. Persische Hoheit, sagt man«, antwortete ihre Begleiterin. »Wahre exotische Schönheit. Keine

Debütantin wird in dieser Saison eine Chance gegen sie haben. Gott sei Dank ist meine Tochter bereits verheiratet.«

»Ich habe gehört, dass sie in die Sklaverei verkauft wurde, aber von einem Gentleman hier in England gerettet wurde!«, flüsterte die erste Frau skandalös. Lawrence spannte sich an und erwartete, dass sie sie verurteilen würden.

Ihre Freundin erschauderte. »Oh, Helen, ich fürchte, du liest viel zu viele dieser schrecklichen Romane.«

Eine andere Begleiterin meldete sich zu Wort. »In der Tat. Wenn es wahr wäre, hätte Lady Society zweifellos etwas in der *Quizzing Glass Gazette* gesagt.«

»Aber wäre es nicht aufregend, wenn es wahr wäre?«, fragte Helen.

»Oh, ich nehme an, die Idee hat eine gewisse grobe Romantik, aber wir sollten solchen Geschichten keinen Glauben schenken. Damit tut sie sich keinen Gefallen, das kann ich euch sagen. Ich habe gehört, dass der König selbst gestern mit ihr zum Tee zusammengetroffen ist und völlig fasziniert war. Jeder Junggeselle in England wird um ihre Hand buhlen.«

Helen grinste hinter ihrem Fächer. »Sie werden ihre Zeit verschwenden. Ich kenne eine Frau, die gestern in der Bond Street war und gesehen hat, wie Miss Darzi das schönste Hochzeitskleid gekauft hat.«

»Was?«, sagten die anderen beiden gleichzeitig.

»Jemand hat sie bereits gefragt, da bin ich mir sicher. Ich frage mich, wer der Glückspilz ist.«

»Hm, noch mehr Märchen, da bin ich mir sicher. Ich schwöre dir, Helen, diese Romane werden dein Ende sein.«

Lawrence lächelte vor sich hin. Er ging am hinteren Ende des Raumes entlang, näher an Zehra heran und beobachtete, wie alle Männer um ihre Aufmerksamkeit buhlten. Sie stand da, das Haupt erhoben wie eine Königin, und schenkte ihnen ein süßes, höfliches Lächeln. Doch als er vor ihr stand und sich höflich verbeugte, errötete ihr Gesicht, und die Menge flüsterte.

»Der erste Tanz gehört mir, nicht wahr?« Er nickte auf ihre Karte, auf die er schon vor Tagen seinen Namen geschrieben hatte.

»Ich glaube, du hast versucht, sie *alle* für dich zu reservieren.« Sie ging direkt auf ihn zu, ihre Augen waren nur auf ihn gerichtet, so wie seine Augen nur für sie bestimmt waren.

»Natürlich. Nur so kann ich verhindern, dass du erfährst, welch enttäuschender Tänzer ich wirklich bin.«

Sie lachte. »Welch ein Unsinn.«

»Du willst mich wirklich heiraten?«, fragte Lawrence, als sie sich zum Tanzen bereit machten.

Ihre blauen Augen waren mit süßem Feuer gefüllt. »Glaubst du, ich würde es nicht tun?«

»Du könntest dir jetzt jeden Mann in London aussuchen. Männer mit Geld, mit Titeln. Männer, die viel besser sind als ich.« Er schlang eine Hand um ihre Taille, sein Herz raste. Sie war zweifelsohne die begehrteste Frau in London. Selbst der verdammte König war von ihr angetan. Er musste wissen, dass sie ihn wirklich wollte und sich nicht nur schuldig fühlte. »Also, ich muss es wissen. Warum ich?«

»Weil du mich vom ersten Moment an gerettet hast, als ich dich traf.«

Sein Herz sank. Es war, wie er befürchtet hatte. »Du bist mir nichts schuldig, Zehra, das weißt du. Ich habe dir mehr als ein Dutzend Mal gesagt, dass ich keine Gegenleistung verlange. Ich habe nur meine Pflicht getan.«

Sie sah aus, als wäre sie versucht, zu lachen. Sie begannen, sich in langsamen Kreisen in der Halle zu drehen, die Augen des ganzen *ton* auf sie gerichtet, aber keiner war nah genug, um sie zu hören. »Lawrence, du dummer, wunderbarer Mann. Ich meine nicht, dass du mich vor diesen anderen Männern gerettet hast.«

»Was hast du dann gemeint?«

»Vor dir hatte ich keinen Leitstern«, antwortete sie. »Als du mich in deine Arme nahmst, verschwand das Gefühl des Verlorenseins. Ich wusste, dass ich dich wollte und sonst niemanden, auch wenn ich die Tiefe dieses Verlangens, dieser Liebe noch nicht verstand.« Sie senkte kurz ihr Kinn, bevor sie es trotzig wieder anhob. »Man sagt mir, die Engländer sprechen nicht so offen über die Liebe, aber ich tue es. Ich liebe heftig - ich liebe *dich* heftig. Es liegt nicht in meiner Natur, mein Herz oder seine geheimnisvollen Wünsche in Frage zu stellen.« Zehra hob ihr Kinn und sah ihn an. »Hast du solche Gefühle für mich?«

Er konnte zunächst nicht sprechen, nickte aber schließlich. »Mehr als alles andere.«

»*Das* ist der Grund, warum ich dich heiraten werde. Jetzt hör auf, so viel zu denken, mein englischer Schurke, und tanze.«

Lawrence strahlte auf sie hinab und konnte seine Freude nicht unterdrücken. »Das ist etwas, das ich gerne mache.«

Heute Abend würden sie tanzen. Morgen würde er ihre Verlobung in den Zeitungen bekannt geben. Er hatte sie zwar unter skandalösen Umständen kennengelernt, wollte aber nicht zulassen, dass ihre Ehe unter einem ähnlichen Vorzeichen beginnen musste. Die Musiker bereiteten sich auf den nächsten Tanz vor, und Paare verteilten sich auf der Tanzfläche, aber weder er noch Zehra sahen sie. Sie waren zusammen in einer Welt, in der es nur sie und die Musik gab, die in ihre Herzen strömte.

ZEHRA BETRAT IHR SCHLAFZIMMER IM STADTHAUS ihres Großvaters, ihre Füße schmerzten noch immer von all dem wunderbaren Tanzen. Aber sie spürte, dass etwas nicht stimmte, und erstarrte. Ihr Bad war eingelassen worden, aber sie erinnerte sich nicht daran, darum gebeten zu haben. Sie ging tiefer in den Raum und sah rot-orangefarbene Blütenblätter, die wie eine bunte Decke im Wasser schwammen. Sie starrte die Wanne erschrocken an und zuckte zusammen, als Lawrence hinter ihrem Wandschirm hervortrat. Er legte einen Finger auf die Lippen, um ihr zu bedeuten, zu schweigen. Lächelnd ging sie auf Zehenspitzen zu ihm hinüber.

»Wie bist du hier reingekommen?«

Er nickte zu ihrem Schlafzimmerfenster, das noch offen stand.

»Mein Bruder Lucien hat mich in meiner Jugend gelehrt, wie wichtig es ist, auf Spaliere klettern zu können.«

»Oh? Und war das, um die jungen Damen leichter verführen zu können?«, fragte sie.

»In diesem Fall eine bestimmte Dame.« Er winkte dem Bad zu. »Es ist schön heiß. Ich dachte, nach heute Abend brauchst du das vielleicht, um dich zu entspannen.«

»Das ist eine wunderbare Idee. Willst du dich mir anschließen?« Sie drehte ihm den Rücken zu, damit er ihr Kleid öffnen konnte.

»Wenn Sie es wünschen.«

Sie lächelte schelmisch. »Und wenn ich möchte, dass du nur zuschaust?«

Er beugte sich herunter und knabberte an ihrer

nackten Schulter. »Dann werde ich die süße Qual des Zuschauens ertragen.«

»Dann hast du Glück, dass ich nicht will, dass du Qualen erleidest.« Sie ließ ihr Kleid zu ihren Füßen auf den Boden fallen. »Heute.«

Bald lagen sie zusammen in der großen Wanne. Sie lehnte sich an ihn zurück, ihre Hände spielten mit den Blütenblättern. Zehra hob ein orangefarbenes Blütenblatt hoch und betrachtete die Farben genau.

»Wo hast du die gefunden? Das sind keine englischen Rosen.«

»Als du mir von den Rosen aus deiner Heimat erzählt hast, habe ich jeden Blumenladen in der Stadt abgeklappert, um eine Möglichkeit zu finden, persische Rosen zu bekommen. Ich bin jetzt im Besitz von mehreren Pflanzen in einem Gewächshaus in meinem Garten. Sie werden bald dir gehören.«

Sie musste sich einen Moment sammeln. »Du hast einen Teil meiner Heimat hierher gebracht?«

»Um dein neues Zuhause deinem alten so ähnlich wie möglich zu machen«, antwortete er und knabberte an ihrem Hals.

»Wie habe ich es nur verdient, einen Mann wie dich zu finden?«, fragte Zehra.

»Manchmal finden zwei Menschen ihren Weg zueinander. Das Schicksal hat uns in der Nacht, in der ich das Weiße Haus betreten habe, eine Chance gegeben. Ich dachte, ich wollte dich retten, um meine Fehler aus der

Vergangenheit wiedergutzumachen, aber ich habe mich geirrt. Da wusste ich noch nicht, dass du das größte Geschenk in meinem Leben sein würdest.«

Zehra drehte sich auf seinem Schoß, um ihn ansehen zu können. Die bunten Blütenblätter kräuselten sich um sie herum auf der Wasseroberfläche, und ihr Duft machte sie auf höchst angenehme Weise schwindelig.

»Und du, mein böser Schurke, bist das größte Geschenk in meinem Leben. Mein Retter, mein Liebhaber, der Mann, mit dem ich durchs Leben gehen werde.« Sie lehnte sich an ihn und küsste ihn mit der Leidenschaft und Liebe, die wie eine ewige Flamme in ihrem Herzen brannte, und er riss sie in seine teuflische Umarmung.

VIELEN DANK, DASS SIE *SEINE TEUFLISCHE Umarmung* gelesen haben. Das nächste Buch ist *Der Earl von Pembroke*, das die Geschichte von James und Gillian aus *Ihre teuflische Sehnsucht* fortsetzt. Blättern Sie um, um das erste Kapitel zu lesen.

DER EARL VON PEMBROKE
KAPITEL EINS

Tagsüber war London eine geschäftige Stadt mit Kutschen, die über die gepflasterten Straßen fuhren, und Frauen, die Blumen aus stark duftenden Körben verkauften, während die Leute in den Geschäften stöberten und Freunde besuchten. Doch mit Einbruch der Dunkelheit konnten die Schatten den Augen derjenigen Streiche spielen, die dumm genug waren, durch die Straßen zu gehen, nachdem die Sonne unter den Horizont gesunken war.

Und ich gehöre zu diesen Narren.

Gillian Beaumont blinzelte in die nächste Gasse, schluckte schwer und unterdrückte jedes Mal einen Angstschrei, wenn sie glaubte, etwas in der Gasse flattern zu sehen, das wie die Flügel einer Fledermaus aussah. Die Kutsche, mit der sie ins Temple-Bar-Viertel gefahren war, ratterte bereits davon und ließ sie allein.

Die Blätter des Frühherbstes fegten über den Boden, verhedderten sich wie braune Spinnen in ihren Röcken und ließen sie zusammenzucken. Sie fasste ihr Kleid unter den Knien und schüttelte den Stoff, um die vertrockneten Blätter von ihrem dunkelvioletten Satinkleid zu lösen. Dann wandte sie sich ihrer Umgebung zu. Sie stand auf der Straße in der Nähe des Königlichen Gerichtshofes und des Eingangs zum Twinings-Teeladen.

Durch die Dunkelheit konnte sie das vergoldete Schild mit der Aufschrift *Twinings* erkennen, und sie konnte gerade noch die beiden chinesischen Gentlemen ausmachen, die über dem Namen des Teeladens in den Stein gemeißelt waren. Ihre Gesichter wirkten in den Schatten grimmig, und Gillian wandte ihren Blick ab und stattdessen der hohen schwarzen Gestalt der Greifenstatue zu, die jetzt eher wie ein Drache aussah, weil die Schatten ihren Augen einen Streich spielten.

In diesem Moment wünschte sie sich, sie wäre wieder in ihrem warmen Bett. Schlafend. Schlafend und von einem bestimmten Mann träumend, und den gestohlenen Küssen, die sie geteilt hatten und die sich immer wieder in ihr Bewusstsein drängten.

James Fordyce. Der Earl of Pembroke war ein schneidiger Gentleman mit einem Herz aus Gold und den wärmsten braunen Augen, die sie je gesehen hatte. Sie konnte immer noch spüren, wie ihre Hände durch die Strähnen seines dunklen Haares fuhren, als er sie in der

Ecke einer Buchhandlung küsste und ihr Gedichte zuflüsterte. Er war alles, was sie sich erträumt hatte, aber nie haben konnte. Sie war eine Dienerin und konnte nicht mehr sein als das. Ein stechender Schmerz in der Brust ließ sie nach Luft schnappen, aber sie straffte die Schultern und schüttelte den Schmerz ab, etwas, das sie seit vielen Jahren gelernt hatte zu tun.

So gefährlich ein Traum von James für ihr Gleichgewicht auch war, so war er doch weitaus sicherer als das, womit sie derzeit beschäftigt war - der Jagd nach ihrer wilden, eigensinnigen Herrin, Audrey Sheridan.

Audrey versuchte gerade in dieser Nacht, eine Gruppe von Schurken zu entlarven, die zu einem Hellfire-Club gehörten, der als die Unheiligen Sünder der Hölle bekannt war. Ein furchtbarer Name für eine furchtbare Gruppe von Gentlemen. Als Dienstmädchen hätte sich Gillian eigentlich darauf beschränken müssen, Audrey anzuziehen, sie auf den Tag vorzubereiten und sich neue Frisuren einfallen zu lassen. Sie sollte *nicht* nach Einbruch der Dunkelheit in einer Domino-Halbmaske und einem dunkelvioletten Abendkleid mit unmöglich tiefem Ausschnitt durch die Stadt schleichen und nach einer Gruppe gefährlicher Männer suchen, die angeblich Jungfrauen verführten und dem Teufel Opfer brachten.

»Himmel, Audrey, was hast du uns da eingebrockt?«, murmelte Gillian vor sich hin. Sie überprüfte hastig die Adressen der umliegenden Gebäude und erinnerte sich an den Ort, den Audrey ihr am Morgen in einem Brief gezeigt hatte, der eine Wegbeschreibung zum Club enthielt.

In dem Schreiben hieß es, der Club befinde sich in einem hohen weißen Gebäude, zwei Türen entfernt vom Twinings-Teeshop. Der Türklopfer war ein eisernes Wasserspeiergesicht, das alle Besucher angrinste. Als sie das eher unscheinbare Gebäude erreichte, das angeblich eine Höhle der Teufelsanbeter beherbergte, studierte Gillian die Tür. Ihr Herz stolperte ein paar Schläge, weil die Nerven sie zu erstarren drohten.

Es gab keine andere Möglichkeit, als hineinzugehen. Audrey, ihre eigensinnige Herrin, war auch ihre Freundin, und sie hatte Gillian an diesem Abend versprochen, nicht an diesen Ort zu gehen. Doch als Gillian aufgewacht war und Audrey nicht mehr vorfand, wusste sie, wohin ihre Herrin gegangen sein musste.

Sie hat mich angelogen. Zweifellos aus der dummen Vorstellung heraus, dass sie mich beschützen will, aber das tut sie nicht.

Gillian hätte sich in die Feuer der Hölle gestürzt, um ihre Herrin zu schützen. Sie waren gleich alt, gerade mal neunzehn, und in einem anderen Leben wären sie vielleicht enge Freundinnen gewesen, hätten sich zum Tee bei Gunter getroffen oder wären gemeinsam auf Tanzabende gegangen.

In einem anderen Leben ... Wenn sie als Erbin des Nachlasses ihres verstorbenen Vaters geboren worden wäre, anstatt als Tochter der Mätresse eines Grafen.

Ihr Halbbruder Adam war jetzt der Earl of Morrey, und ihre Halbschwester Caroline wusste nicht einmal, dass es sie gab. Der frühere Earl of Morrey hatte dafür gesorgt, dass seine langjährige Mätresse, Gillians Mutter, in einem Haus in Mayfair gut untergebracht war, und er hatte sich sogar um Gillians Ausbildung gekümmert, aber selbst mit dieser Hilfe hatte ihre Zukunft nur begrenzte Möglichkeiten beinhaltet.

Gillian hob eine behandschuhte Hand zu dem grotesken Wasserspeier und klopfte zweimal laut an den Türklopfer. Ihr Atem stockte in ihren Lungen, und sie wartete, während ihr Körper bei dem Gedanken an die Art der Männer im Inneren zitterte. Als sich die Tür endlich öffnete, musterte ein grimmiger Butler sie von oben bis unten, bevor sich seine Lippen zu einem grausamen Lächeln verzogen.

»Ein bisschen spät, aber das macht nichts. Sie haben heute Abend genug Energie, um sich um *jede* Dame zu kümmern.« Er winkte ihr zu, einzutreten. Gillian zögerte, bevor sie einen zaghaften Schritt nach vorne machte. Ihre Haut kribbelte, als der Butler ihr zu nahe kam, als er die Tür schloss. Sie versuchte, nicht darüber nachzudenken, was seine Begrüßung andeutete.

»Hier entlang.« Der Butler führte sie den Korridor entlang zu einer Kammer und öffnete ihr eine Tür, damit sie eintreten konnte. Der Salon, wenn man ihn überhaupt so nennen konnte, war mit dunklen Brokatmöbeln und roten Satinwänden ausgefallen dekoriert.

Diese zwielichtigen Männer versuchten sicherlich, eine sündige und verführerische Atmosphäre zu schaffen, aber das wirkte nicht geschmackvoll, sondern eher krass. Doch sie waren eindeutig auf Gäste vorbereitet. Ein Feuer war angezündet, und ein Teetablett stand auf dem Tisch.

»Frisch aufgebrüht«, versicherte ihr der Butler. »Bedienen Sie sich. Wenn sie bereit sind, werden Sie gerufen.«

Gillian murmelte ihren Dank und ließ sich auf der Couch nieder. Sie griff erneut nach oben, um sicherzustellen, dass ihre Maske nicht verrutscht war. Sie war immer noch fest über ihren Gesichtszügen befestigt.

Wo war Audrey?

Laut den anderen Bediensteten im Hause Sheridan war sie eine halbe Stunde vor Gillians Erwachen gegangen. Hatte sie den schützenden Beistand von Charles Humphrey angefordert, wie sie gesagt hatte, dass sie das vorhatte? Gillian hoffte das sehr. Andernfalls würde Audrey sich selbst einem großen Risiko aussetzen. Der Earl of Lonsdale war ein äußerst vertrauenswürdiger Gentleman, aber er hatte einen verruchten Ruf, der ihm den Eintritt in diesen Club ermöglichte.

Früher am Tag waren Gillian und Audrey von einem Mann, den sie kannten, gewarnt worden, diesen Hellfireclub heute Abend nicht aufzusuchen. Einer der Mitglieder, Gerald Langley, hatte Rache an Audrey geschworen - oder besser gesagt, an Lady Society, Audreys anonymer

Identität als Verfasserin einer Gesellschaftskolumne. Sie hatte seinen Ruf zerstört. Ihre Bemerkungen in der Kolumne der Lady Society waren korrekt und ehrlich gewesen, aber dass sich der gesamte *ton* geschlossen gegen Langley wandte, ließ diesen nun nach Rache gieren.

Glücklicherweise wusste er nicht, dass Audrey Lady Society war; das war zumindest ein kleiner Segen. Aber Audrey und Gillian waren gewarnt worden, dass Langley Lady Society unter anderem mit der Drohung, Jungfrauen gegen ihren Willen zu entjungfern, in seine Teufelshöhle locken würde, und Audrey war nicht die Art Frau, die eine Herausforderung ablehnte. Aber sie hatten einen Plan, den sie an diesem Morgen gemeinsam ausgearbeitet hatten. Sie wollten ein paar weibliche Mitglieder dieses dummen Hellfireclubs ansprechen und mit ihnen gegen eine angemessene Bezahlung tauschen. Doch nach den Abenteuern des Tages und der Gefahr, in die sich Gillian begeben hatte, als ein Mann sie angegriffen hatte, von dem sie vermutete, dass er mit Gerald Langley im Bunde stand, hatte Audrey versprochen, den Plan, heute Abend in den Club zu gehen, aufzugeben. Doch als Gillian aus dem Schlaf erwachte, fand sie ihre Herrin nicht mehr vor. Hatte Audrey Kontakt zu einer dieser Frauen aufgenommen? Sicherlich hatte sie das.

Gillian stand auf und schritt im Zimmer umher, die Sorge in ihrer Magengrube wuchs. Es gefiel ihr nicht, dass sie allein war, und noch weniger, dass sie nicht wusste, wo Audrey war. Sie sollten hier zusammen sein und sich den Gefahren des Clubs gemeinsam stellen. Sie biss sich nervös auf die Lippe und entschied sich nach einem Moment, schnell eine Tasse Tee zu trinken. Sie bereitete eilig eine Tasse zu und trank sie, in der Hoffnung, ihre Nerven zu beruhigen. Dann stellte sie die Tasse wieder ab, hasste den bitteren Geschmack und wünschte, es wäre Zucker da gewesen, aber es gab nicht einmal einen Krug Milch. Nur wahre Teufel würden Tee ohne Milch und Zucker servieren.

Gillian konnte die erstickende Hitze des Feuers nicht ignorieren. Das Haus um sie herum war still, bis auf das gelegentliche Bellen eines entfernten männlichen Lachens aus einem anderen Raum. Jedes Mal, wenn sie dieses Geräusch hörte, verkrampfte sie sich.

Plötzlich löste sich ein Teil der Wand und entpuppte sich als Tür. Eine Gestalt in schwarzer Hose, weißem Hemd und schwarzer Weste tauchte auf. Er trug eine Domino-Maske, auf der die feinen Umrisse eines Teufels in Rot auf Schwarz gemalt waren.

»Guten Abend, meine Liebe«, säuselte der Mann, als er ihr die Hand reichte. Seine langen Finger waren weiß und auf seltsame Weise bedrohlich.

Gillian schluckte. »Meine Freundin und ich sollten zusammen hier sein. Sie dürfte ein rotes Kleid tragen. Ist sie schon da?«

»Ah ...« Die Lippen des Mannes zuckten. »Die Dame im roten Kleid. Sie ist hier und wartet auf dich.« Die

Maske konnte die Grausamkeit in seinen Augen kaum verbergen, und sie erschauderte.

»Wartet?« Gillian wünschte, sie hätte auch nur eine winzige Ahnung von dem, was gleich passieren würde, aber das hatte sie nicht. Sie stürzte sich kopfüber in diese dunkle und gefährliche Welt der Teufel.

Der Mann krümmte die Finger seiner noch offenen Hand und winkte ihr zu. »Ja, wir werden gleich mit dem Fest beginnen.«

Gillian ging auf ihn zu, und er griff nach unten und nahm eine ihrer behandschuhten Hände. Sie ließ zu, dass er sie in die Dunkelheit führte.

ॐ

JAMES FORDYCE, DER EARL OF PEMBROKE, starrte auf die Kartentische in dem heimlichen Treffpunkt, von dem London wusste, dass er nur in Gerüchten existierte. The Wicked Earls' Club. Die Mitglieder waren an einer kleinen silbernen Anstecknadel zu erkennen, die sie in ihrer Krawatte trugen. Einst war es eine Gilde prominenter und mächtiger Männer gewesen, die sich im Geheimen trafen, um Geschäfte zu machen und sich gegenseitig zu begünstigen, aber ihr Zweck hatte sich in einer korrupteren Welt aufgelöst. Es war kein Ort der Bösartigkeit, aber als James die Männer um ihn herum betrachtete, deren Augen auf die umgedrehten Karten, die reichlich auf den Tischen stehenden Flaschen und die gelegentlich über die Arme der Männer drapierten Frauen gerichtet waren, deren Brüste den Blicken aller Männer im Raum schmeichelten, wurde ihm klar, dass es hier eine Art Dunkelheit gab. Die Dunkelheit, die von gebrochenen, verlorenen Seelen ausgeht.

Seelen wie die meine.

Eine dunkle Gestalt tauchte im hinteren Teil des Raumes auf, und James erkannte ihn, den Anführer ihres Clubs, den Earl of Coventry. Coventry nickte James zur Begrüßung kurz zu. James erwiderte das Nicken und sah sich erneut im Raum um. Die Reihen des Clubs hatten sich in den letzten Jahren gelichtet, und er lächelte bei dem Gedanken, dass so viele seiner Freunde sich mit Ehefrauen niederließen. Die Heirat mit guten Frauen hielt die Männer von solchen Clubs fern.

»Coventry sieht zufrieden mit sich selbst aus«, murmelte jemand neben James. Zu seiner Linken sah er seinen Freund Pierce Chamberlain, den Earl of Wainthorpe.

»Wainthorpe, ich habe nicht erwartet, dich heute Abend zu sehen. Ich dachte, du gehörst zu den Glücklichen, die sich im Eheglück sonnen.«

Wainthorpe setzte ein Lächeln auf, das die kleine Narbe an seiner Schläfe erhellte. »Ich werde der Glückseligkeit zustimmen, aber wenn du es wagst, auch nur ein Wort zu irgendjemandem zu sagen ...«, knurrte Wainthorpe.

James schmunzelte über die Reaktion seines Freundes. Wainthorpe verhielt sich grob, war aber einer der weichherzigsten Männer, die James je getroffen hatte.

»Dein Geheimnis ist bei mir sicher«, versprach James. »Was meintest du mit dem, was du über Coventry gesagt hast?«

Wainthorpe verschränkte die Arme und blickte finster drein. »Jedes Mal, wenn einer von uns vor den Altar gezerrt wird, grinst er von einem Ohr zum anderen, als ob er eine Rolle in unserer Ehe gespielt oder irgendwie davon profitiert hätte. Verdammt seltsam.«

Einen Moment lang sprach keiner der beiden Männer. »Was führt dich heute Abend hierher, Pembroke?«

»Ich versuche, meine Sorgen zu ertränken«, erwiderte James sardonisch, doch Bitterkeit haftete seinen Worten an, denn sie waren wahr. Zuvor hatte er an diesem Tag die wunderbarste Frau kennen gelernt und sie dann prompt *verloren*. Gillian Beaumont war ihm ein völliges Rätsel, und er befürchtete, dass er sie nie wieder sehen würde.

»Oh Gott, komm und trink etwas mit mir und erzähl mir alles. Als verheirateter Mann kann ich solide Ratschläge bezüglich des schönen Geschlechts geben. Aber nichts davon wird auch nur einen halben Penny wert sein.«

Wainthorpes Sticheleien brachten James erneut zum Schmunzeln. Sie nahmen zwei Stühle an einem Tisch ein, der weit genug von den Karten spielenden Männern entfernt war, so dass sie sich unterhalten konnten, ohne von den Spielen abgelenkt zu werden. Eine Flasche Scotch stand auf einem silbernen Tablett mit mehreren Gläsern, und Wainthorpe schenkte beiden eine ordentliche Menge des Getränks ein. Sie stießen mit ihren Gläsern an und nahmen jeweils einen Schluck.

»Na dann lass von deinen Sorgen hören.«

James seufzte. »Ich habe heute eine Frau im Geschäft einer Modistin getroffen. Ich war mit meiner Schwester Letty unterwegs, und wir machten die Bekanntschaft von Miss Gillian Beaumont. Du kennst sie nicht zufällig, oder?« Er hatte den ganzen Abend damit verbracht, jeden, den er kannte, zu fragen, ob ihm der Name bekannt vorkam, und bis jetzt hatte ihm niemand eine positive Antwort gegeben.

»Beaumont?« Wainthorpe ließ sich den Namen auf der Zunge zergehen und schmeckte ihn. »Ich kannte einen Mann namens Beaumont, den Grafen von Morrey. Sein Sohn Adam trägt nun den Titel. Anständiger Kerl. Seine Schwester ist sehr hübsch, aber ihr Name ist Caroline. Nicht Gillian.«

»Eine entfernte Cousine vielleicht?«, fragte sich James laut.

»Vielleicht.« Wainthorpe schenkte sich einen weiteren Drink ein. »Ich könnte meine Cousinen auf die Sache ansetzen. Sie sind ziemlich gut darin, Frauen aufzuspüren.«

James schnaubte. »Gott schütze jeden, der versucht,

sich vor deinen furchterregenden, aber schönen Cousinen zu verstecken.« James beeilte sich, den letzten Teil hinzuzufügen, um seinen Freund nicht zu verärgern.

»Die Frau hat dich also gefesselt, sagst du?«

»Ja.« *Gefesselt* war der richtige Ausdruck dafür. Nachdem er sich in einer Buchhandlung ein paar Küsse gestohlen hatte, konnte er ihre Lippen immer noch wie ein Gespenst auf seinen eigenen spüren, und ihr süßer Geschmack verfolgte ihn immer noch. Hätte er sie nur aus Neugierde und Lust gefunden, wäre das eine Sache gewesen, aber er hatte das schreckliche Gefühl, dass sie in großer Gefahr war. Und er konnte den Gedanken daran nicht ertragen, nicht wenn es in seiner Macht stand, sie zu beschützen.

Am Abend zuvor hatte er sie nach Hause begleitet, nachdem sie bei Gunter einen Brief erhalten hatte. Als er sie aus der Kutsche gelassen hatte, war sie von einem feigen Mann überfallen und bewusstlos gemacht worden, der ihr dann den Brief gestohlen hatte. Als James sie nach Einzelheiten gefragt hatte, hatte sie sich geweigert, ihm etwas mitzuteilen. Er hatte keine andere Wahl gehabt, als sie am Stadthaus eines Freundes, Viscount Sheridan, abzusetzen, und dann war sie verschwunden. Er hatte vor, am kommenden Tag Cedric Sheridan aufzusuchen und zu fragen, wer sein geheimnisvoller Gast war und warum sie in Gefahr sein könnte.

»Nun, du kannst deine Suche morgen beginnen, ja? Heute Nacht sollte niemand auf der Straße sein. Gerald

Langley, der aus der Lady Society-Kolumne, trifft sich mit dem von ihm geleiteten Hellfire Club. Manchmal wird dieser Haufen ein bisschen unruhig und geht auf die Straße. Jeder, der sich ihnen in den Weg stellt, kann sich in Gefahr begeben. Vor ein paar Monaten hätten sie fast einen Mann getötet. Sie waren bereit, ihn in die Themse zu werfen, als die Bow Street Runners auf den Plan traten.«

»Was? Das ist ja furchtbar!« James erinnerte sich, etwas über diesen Langley gelesen zu haben. Der Mann hatte eine Wette abgeschlossen mit ... James gefror das Blut in den Adern. Langley hatte eine saftige Wette auf denjenigen abgeschlossen, der eine Dame namens Alexandra Rockford verführen würde.

James' Freund Ambrose Worthing war auf die Wette eingegangen, aber nur, um die Dame zu verschonen, und er hatte später seine Beteiligung an der Kolumne der Lady Society gestanden. Diese Kolumne hatte Langleys Namen irreparablen Schaden zugefügt. Langley hatte in der Stadt Gerüchte gestreut, dass er Lady Society nicht nur entlarven, sondern ihr auch Schaden zufügen würde.

Und heute hatte Ambrose Worthing Gillian eine Nachricht gegeben, die dazu geführt hatte, dass sie angegriffen wurde. *Sie kann doch nicht die Lady Society sein?*

»Wo trifft sich Langleys Hellfire Club?«, verlangte James und betete, dass Wainthorpe es wissen würde.

»Im Strand, wie ich höre. Böse Teufel. Langley lockt gerne Jungfrauen zu den Treffen mit dem Versprechen, reiche Ehemänner zu finden, und, na ja, du weißt schon ...« Wainthorpe sprach nicht zu Ende, aber sein finsterer Blick sagte James alles, was er wissen musste.

James sprang von seinem Stuhl auf. »Ich muss gehen. Danke für den Drink.«

»Wohin gehst du?« Wainthorpe erhob sich ebenfalls und runzelte besorgt die Stirn.

»Ich werde versuchen, Langley aufzuhalten. Ich habe den Verdacht, dass meine geheimnisvolle Miss Beaumont Lady Society sein könnte.«

»Was?« Wainthorpe starrte ihn mit offenem Mund an. »Soll ich mitkommen?«

»Nein, geh nach Hause zu Bianca. Gott weiß, was für ein Chaos heute Abend entstehen wird. Ich möchte deinen Ruf nicht riskieren, und ich vermute, dass ich durch das Mitbringen anderer Personen eher noch mehr als weniger in Gefahr gerate.« James lächelte ihn an.

»Sag Bescheid, wenn du mich brauchst«, rief Wainthorpe ihm hinterher, als James den Club verließ.

James hielt einen Mietkutscher an, als er die Stufen des Clubs hinunter und auf die Straße eilte, und sagte dem Fahrer, er solle ihn zum Strand bringen. Er betete nur, dass er nicht zu spät kommen würde.

WENN SIE WISSEN MÖCHTEN, WIE ES weitergeht, können Sie das Buch HIER bestellen: amazon.de/dp/B09W4ZSR6Y